인문학의 숲

세상을 바꾼 인문학 33선

인문학의 숲

송용구 지음

평단

가장 인간다운 인간의 길을 찾아서

'인문학' 혹은 '인문주의'라는 이름은 본래 라틴어 '후마니타스 (humanitas)'와 '스튜디아 후마니타티스(Studia humanitatis)'에서 유래했다고 한다. '후마니타스'는 인간다움을, '스튜디아 후마니타티스'는 인간다움에 대한 연구 혹은 인간에 대한 학문을 의미한다. '후마니타스'는 기원전 55년 로마의 철학자, 문필가, 정치가, 웅변가였던 키케로(Cicero)가 정의한 개념이다. 그로부터 약 1,400년이 지난 14세기에 이탈리아 인문주의자 프란체스코 페트라르카 (Francesco Petrarca)가 '스튜디아 후마니타티스'라는 개념을 제시했다.

르네상스 시대에 유럽의 문명 지형도를 바꿔 놓은 인문주의의 화두는 바로 '인간'이었다. "인간이란 어떤 존재인가?", "가장 인간다운 인간이란 어떤 인간인가?", "진정한 인간성이란 무엇인가?" 등 인문주의는 인간에 초점을 맞추었다. 인문주의자들은 인간에 대한 이해의 깊이를 얻으려면 무엇보다 고전(古典)을 읽어야 한다고 생각했다. 그들은 인간에 대한 탐구의 넓이를 확대하기 위해서는 고전을 연구해야 한다고 여긴 것이다. 그래서 고전을 읽고 번역하고 이해하는 고전 연구는 르네상스 시대 '인문학'의 핵심이었다.

그리스와 로마 시대의 저작물처럼 옛 시대에 발표되었다는 이유만으로는 고전의 기준에 합당하지 않다. 아득히 먼 옛날에 탄생했지만 시간의 장벽을 훌쩍 뛰어넘어 후대 사람들에게 여전히 중요한 교훈을 줄 수 있는 것을 '고전'이라 할 수 있다. 그래서 이 책에서는 수천 년이 지나도 인간성의 진실을 변함없이 일깨워 주는 '인문학'의 고전을 이야기와 편지의 형식으로 해설했다. 먼 훗날에 고전의 반열에 올라 인류에게 빛나는 정신의 가치를 유산으로 물려줄 만한 20세기의 명저들도 해설의 대상으로 선택했다.

나는 인문학의 숲 속에 살고 있는 다양한 고전의 나무들과 명저의 꽃들을 이 책을 통해 어렵지 않은 문체로 소개해 현대인의 감성을 풍부히 가꿔 줄 수 있는 교양의 가이드라인을 제시하려 했다. 대중이 교양으로 얻을 수 있는 지식과 함께 인문학도가 전문적으로 지식을 탐구할 수 있는 내용도 가미했다. 또한 고전과 명저를 깊게 이해할 수 있도록 역사적 배경, 사회적 상황, 전문가의 견해 등을 구체적으로 서술해 고전과 명저에 대한 해설의 논리를 뒷받침했다. 이를 통해 독자들은 고전에 더욱 쉽게 다가갈 수 있을 것이다.

이 책은 '인문학'이라는 몸 안에서 문학, 역사학, 철학이 지식의 혈관으로 연결되어 다양한 패러다임의 혈액을 주고받는 '인문학의 유기체적 시스템'을 지향하고 있다. 이 책이 가장 인간다운 인간의 길을 찾아 나서는 모든 사람에게 정신적 이정표가 되어 주기를 바라는 동시에 느리지만 멈추지 않는 발걸음을 위한 안내자가 되어 주기를 진심으로 바란다.

송용구

제1장 **철학과 사상 분야의 명저 이야기**

제4장 문학 분야의 명저 이야기 – 시

철학과 사상 분야의 명저 이야기

공자의 《논어》

공자(기원전 551~기원전 479)

'인간'의 '인(人)'이란 글자를 주목해 보세요.
쓰러질 것처럼 위태로운 사람(丿)을
그렇게 강해 보이지도 않는 다른 사람(乀)이
힘겹게 지탱해 주고 있습니다.
여러분이 나에게 '인(仁)'이 무엇인지를 묻는다면
나는 '인(仁)'을 두 번째 사람의 마음이라고 말할 거예요.
자신의 연약함과 부족함을 알면서도
쓰러지는 사람의 인생을 일으켜 세우기 위해
생명을 아끼지 않는 마음이라고……

- 현대인에게 주는 공자의 편지

인간다운 인간의 성품, 인(仁)
 - 공자의 《논어》

공자의 전인교육

중국의 춘추(春秋) 시대가 낳은 중국 최고의 사상가 공자(孔子). 기원전 551년 노(魯)나라에서 태어난 공자는 지금까지도 중국, 한국, 일본 등 근동(近東) 지역의 사상적 근원으로 추앙받는 인물이다.[1] 그가 유교(儒敎)의 교조(敎祖)이자 유학(儒學)의 시조라는 사실을 모르는 사람은 거의 없을 것이다. 공자는 사공(司空), 대사구(大司寇)라는 작은 벼슬을 지낸 적도 있었지만 관직에 뜻을 두지는 않았다. 그는 관직에서 물러나 14년 동안 중국의 여러 나라를 떠돌며 각국의 왕들에게 자신의 사상을 설파했다. 공자의 발길이 이르렀던 나라는 위(衛),[2] 조(曹), 송(宋),[3] 광(匡), 정(鄭), 진(陳),[4] 채(蔡), 섭(葉), 초

......
1　공자의 출생 연도가 기원전 525년이라는 설도 있다.
2　3세기 한(漢)나라 멸망 이후에 세워진 삼국(三國)의 위·촉·오 중에서 '위' 나라를 뜻하는 것이 아니라 춘추 시대의 '위'를 가리킨다.

(楚),[5] 제(齊) 등이다. 공자는 각 나라의 왕들을 만나서 자신의 철학을 통해 백성을 이롭게 하는 정치의 길을 열어 주려고 노력했다. 그러나 뜻을 이루지 못하고 노나라로 돌아올 수밖에 없었다. 귀향한 후에 공자는 아름답고 보람찬 5년간의 시간을 보낸다. 백년대계(百年大計)의 원대한 안목을 갖고 참된 인재를 기르는 일이 정치의 이상을 실현할 수 있는 지름길임을 깨닫고 제자 양성에 열정을 쏟았다. 교육이라는 농사법으로 정신문화의 비옥한 토양을 일구는 일이야말로 먼 훗날에 정치의 열매를 알알이 영글게 하는 근본이라고 믿었기 때문이다.

노나라를 떠나기 전부터 제자를 길렀던 공자는 본향으로 돌아와서는 본격적으로 제자 교육에 헌신했다. 비록 5년 남짓한 기간에 불과했지만, 그의 교육은 농사의 풍년에 비할 만큼 인격과 실력을 겸비한 인재들을 풍성히 수확해 냈다. 공자의 젊은 시절에 가르쳤던 제자들과 새롭게 모여든 제자들이 스승에게서 학문과 인격을 균형적으로 닦는 방법을 전수받는 '중국 인문주의(人文主義)의 부흥'이 일어났다. 여기에서 말하는 인격은 언행일치 혹은 지행합

••••••

3 당(唐)나라 시대 이후에 중국 대륙을 지배했던 '송'나라를 뜻하는 것이 아니라 춘추 시대의 '송'을 가리킨다.

4 기원전 3세기 전국(戰國) 시대의 중국을 통일했던 시황제의 '진'을 뜻하는 것이 아니다. 위·촉·오의 삼국을 무너뜨리고 중국을 재통일한 사마염의 '진'을 뜻하는 것도 아니다. 춘추 시대의 '진'을 가리킨다.

5 중국의 패권을 놓고 한(漢) 고조 유방과 겨루었던 항우의 '초'를 뜻하는 것이 아니라 춘추 시대의 '초'를 가리킨다.

일을 의미한다. 공자는 자신의 입으로 말한 것을 지키고 실천할 줄 알았다. 인간의 삶 속에 살아 있는 지식을 제자들에게 물려준 것이다. 이로써 노나라는 춘추 시대 중국을 대표하는 학문의 본산으로 우뚝 섰다.

공자가 제자들을 교육하는 과정과 방법은 고대의 학문체계에 비추어 매우 다양했다고 볼 수 있다. '인(仁)'의 의미를 생활의 사례를 통해 구체적으로 가르쳤으며, 시를 짓고 풀이하는 능력을 길러 주었고, 붓글씨의 서체(書體)와 서법(書法)을 터득하도록 이끌었다. 또한 훌륭한 음악을 들을 줄 아는 능력과 함께 직접 연주할 수 있도록 가르쳤다. 나아가 음악 속에 '예(禮)'를 담아 '시'로 표현할 줄 아는 능력을 길러 주었다. 공자의 저서《논어(論語)》,《시경(詩經)》,[6]《서경(書經)》,[7]《예기(禮記)》,[8]《악기(樂記)》[9]가 보여 주는 가장 중요한 특징인 인문(人文), 시(詩), 서(書), 예(禮), 악(樂)이 조화롭게 어우러진 '5중주 교육'이 전인교육의 꽃을 피웠다고 할 수 있다.

....

6 고대 중국의 시가를 모아 엮은 오경(五經)의 하나로 중국에서 가장 오래 된 시집. 주초 (周初)부터 춘추(春秋) 초기까지의 것 305편을 수록하고 있다. 본래 3,000여 편이었던 것을 공자가 311편으로 간추려 정리했다고 알려져 있는데, 이 중 여섯 편은 제목만 전하고 오늘날 전하는 것은 305편이다.
7 중국 상고(上古) 시대 정치 문서를 편집한 기록으로,《상서(尙書)》라고도 한다. 유교에서는 모든 경전 중에서 정치서로는 으뜸으로 꼽았으며 삼경 중의 하나다.
8 오경(五經)의 하나로,《주례(周禮)》《의례(儀禮)》와 함께 삼례(三禮)라고 한다. 주(周)나라 말기에서 진한(秦漢) 시대까지의 예(禮)에 관한 학설을 기록한 책.
9 《예기(禮記)》의 한 편명으로, 음악에 관한 사항을 기록한 편(篇)이다.

《논어》에서 배우는 인의 가르침

공자의 사상을 대변하는 책은 《논어》다. 《맹자(孟子)》, 《대학(大學)》, 《중용(中庸)》과 함께 유학의 사서(四書) 중 한 권이다. 그러나 《논어》가 없었다면 《맹자》, 《대학》, 《중용》의 탄생도 불가능했을 것이다. 유교를 나무에 비유한다면 《논어》는 유교의 뿌리이고, 유학을 사람의 몸에 비유한다면 《논어》는 유학의 뇌수(腦髓)에 해당한다고 할 수 있다. 《논어》는 공자의 가르침과 행동, 공자의 글, 공자와 제자들 간의 철학적 대화, 제자들의 말과 실천을 공자가 죽은 후에 제자들이 집대성한 책이다. 이 책 속에 담겨 있는 공자의 사상과 식견은 중국의 학문, 중국인의 윤리, 중국 정치, 중국 문화의 본격적인 출발점이 되었다. 《논어》는 시대, 지역, 인종, 민족, 문화권을 초월해 어느 누구에게나 '인간다운 정신과 삶'이 무엇인지를 일깨워 주었다. 그러므로 《논어》는 중국 문화의 뿌리이자 동양 사상의 원천이며 세계문화사(世界文化史)에서 기념비적인 문화유산이라고 예찬할 만하다.

《논어》의 내용 중 10분의 1 이상은 '인(仁)'에 관한 공자의 가르침이다. 그러므로 공자를 인(仁)의 사상가라고 이름 붙이고, 《논어》를 인(仁)의 철학서로 보아도 지나치지 않을 것이다. 그럼 공자가 말한 '인'이란 무엇일까? 그는 한 인간이 지닌 개성을 최대한 선하게 성장시키는 일을 인으로 보았다. 인간이 가장 인간답게 살 수 있는 생활방식이 인이다. 또한 인간다운 생활방식을 낳는 정신적 힘이 인이다. 《논어》를 읽으면 "사랑을 간직하고 있는 어진 마음"

이 인이라는 것을 깨닫게 된다. 이 사랑은 곧 박애(博愛)의 휴머니즘을 뜻한다.

> "뜻을 품은 선비와 어진 사람은(志士仁人)
> 자신의 삶을 구하느라고 '인(仁)'을 저버리는 일은 없으며(無求生以害仁)
> 자신의 몸을 죽여서 '인(仁)'을 이루는 일은 있다(有殺身以成仁)."

공자가 의미를 부여한 '인'은 가족, 이웃, 공동체, 나라와 모든 인간을 향해 점점 더 확장되어 간다. 인간을 살리기 위해 자신의 몸과 생명을 아끼지 않는 '살신성인(殺身成仁)'의 행동에 인간의 가장 높은 뜻(志)을 두어야 한다는 공자의 가르침에서 인의 참뜻을 읽을 수 있다. 기독교의 경전인 《성경》에서 예수 그리스도는 "내가 너희를 사랑한 것 같이 너희도 서로 사랑하라"고 가르쳤다. 또 "네 이웃을 네 자신 같이 사랑하라"고 당부하기도 했다. 《성경》의 사랑과 《논어》의 인(仁)은 매우 닮았다. 차등의 문턱을 없애고 차별의 장벽을 허무는 평등을 지향하는 정신이 서로 닮아 있다. 살신과 헌신을 통해 타인을 자신처럼 위하는 이타적 박애의 마음이 《논어》와 《성경》을 이어 준다. 다만 사랑의 근원을 《성경》에서는 절대자 하느님으로, 《논어》에서는 인간의 본성으로 보고 있다는 점이 다르다.

정치가는 '인'을 일본 에도 시대의 대표적 유학자 오규 소라이[10]의 견해처럼 국민의 삶을 편안하게 하는 "안민(安民)"으로 해석할 수도 있다. 공자가 춘추 시대의 여러 나라를 떠돌면서 각 나라의 왕들에게 인을 바탕으로 하는 정치를 강조했던 것에 비추어 본다면 오규 소라이의 해석은 타당성이 있다.

그러나 공자가 말했던 인을 안민이라는 정치의 관점으로만 바라보는 것은 인의 개념을 협소하게 만드는 해석이 아닐까? 인이 안민의 의미로만 제한된다면 공자가 춘추 시대의 왕들에게 인의 정치가 받아들여지는 것이 불가능하다는 결론을 내리고 고향으로 돌아온 후에 그토록 인재 양성에 헌신할 필요는 없었을 것이다. 인을 바탕으로 하는 안민의 정치가 결국 실패로 돌아갔기 때문이다. 그러나 공자가 추구하는 인은 백성의 삶을 편안하게 하는 정신을 가지면서도 안민을 이루려는 목적의식에 갇혀 있지는 않았다.

동양에서 인간존중의 정신을 사상 체계로 정립했던 인물이 공자임을 인정한다면 인의 의미를 정치라는 틀 속에 가둘 수는 없다. 인간을 수단이나 도구로 이용하는 것에 반대하고, 인간을 목적 그 자체로 존중하는 '인간적인 너무나 인간적인' 사랑의 물결이 넘치

✖ 일본의 오규 소라이가 저술한 《논어》 주석서 《논어징》(1718)의 일부. 중국 주자(朱子)의 《논어집주》(1177) 및 한국 정약용의 《논어고금주》(1813)와 함께 동양의 대표적인 논어 해설집으로 꼽힌다.

......

10 1666~1728. 에도 중기의 유교학자. 소라이는 법가적인 법과 형벌에 의한 강제적 통치보다 '성인의 도(道)'에 의한 문화적인 예악(禮樂) 정치를 지향했다. 주요 저서로는 《변명》, 《논어론》, 《정담(政談)》이 있다.

✕ 중국의 취푸(曲阜)에 위치한 공자의 사당 공묘(孔庙)

는 마음의 바다, 이
마음의 바다가 곧
인이다. 출신, 가문,
계층, 재산, 지위, 학
벌, 나이 등의 조건
을 뛰어넘어 '인간'
의 본래 모습을 존
중하면서 경청, 대
화, 조언, 도움을 아
끼지 않으려는 선한
성품이 곧 인임을

《논어》에서 배우게 된다.

공자가 당대의 제자들과 중국인들에게 가르쳤던 인은 위정자의
선한 정치를 가능케 하는 정신적 토양이다. 박애의 성품이여! 모든
틀을 뛰어넘고 모든 벽을 허무는 사랑을 간직한 마음이여! 그대의
이름은 인이다.

"어진 사람은 자신의 삶을 구하느라고
'인(仁)'을 저버리는 일은 없으며
자신의 몸을 죽여서 '인(仁)'을 이루는 일은 있다."

– 공자의《논어》중에서

"지구상에서 가장 행복한 시기,
가장 존경받을 만한 가치가 있는 시대는
공자가 제시한 법을 따른 시대였다."

– 프랑스의 계몽사상가 볼테르(Voltaire)

맹자의《맹자》

맹자(기원전 372~기원전 289)

여러분은 어떤 집에서 살고 싶습니까?
여러분에게 아름다운 집을 추천합니다.
'사랑'의 거실을 마주 보고
인(仁)의 안방과 덕(德)의 사랑방이
화평의 하모니를 협주하는 집.
그 집의 이름은 '선(善)'입니다.

– 현대인에게 주는 맹자의 편지

인(仁)의 근본은 인간의 선한 본성

– 맹자의《맹자》

인의를 통한 왕도정치를 주장하다

공자가 세상을 떠난 지 108년 만에 전국(戰國) 시대의 추(鄒)나라에
서 사상적 거인이 태어났다. 성현(聖賢)이라는 호칭이 아깝지 않은
맹자가 태어난 것이다. '공맹(孔孟)'이라는 이름과 "공자 왈, 맹자
왈"이란 말로 한국인들의 귀에도 익숙한 인물이다. 그는 공자의 손
자인 자사(子思)에게 공자의 사상을 배웠는데, 공자의 사상을 계승
한 것에 그치지 않고 더욱 발전시켜 유학(儒學) 혹은 공맹학(孔孟學)
의 토대를 구축했다. 만약 그가 없었다면 공자의 가르침이 세상에
널리 전파되지 못했을 것이다.

　맹자는 선비 집안에서 태어났지만 어릴 때부터 가난했다. 하층
민중의 삶에 대한 맹자의 깊은 이해와 연민은 그의 인생 체험에서
생겨난 것이 아닐까? 맹자가 '측은지심(惻隱之心)'을 바탕으로 '인
(仁)'과 '덕(德)'의 사상을 전개할 수 있었던 것도 서민들의 고달픈
삶에 익숙했던 성장 배경과 관련이 있다. 맹자는 전국 시대의 각

나라를 방랑하며 군주들에게 "민심(民心)"을 "천심(天心)"으로 받들어 정치에 반영할 것을 권고하면서 "왕도정치(王道政治)"를 강조했다. 그의 사상은 백성의 고달픈 삶을 몸으로 겪은 유년의 인생 체험과 성인의 학문이 조화를 이룬 것이다.

맹자가 공자를 계승한 사상 중에서 가장 중요한 것은 '인(仁)'이다. 그는 인을 '인의(仁義)' 사상으로 발전시켰다. 맹자는 인의를 군주의 정치에 반영해 백성을 이롭게 하고자 했다. 민심을 살펴 백성의 소망을 이루어 주려는 민본주의의 정치적 횃불로 점점 어두워지고 있던 왕들의 궁전을 환하게 밝혀 주었다. 그러나 맹자를 만나 대화를 나눈 왕 중에서 왕도정치의 참뜻을 제대로 헤아리는 임금은 없었다. 양(梁) 혜왕(惠王)을 비롯한 여러 왕의 머릿속에는 맹자의 뜻과는 거리가 먼 생각이 가득 차 있었다. 성현의 가르침이 스며들어 갈 틈이 남아 있지 않았던 것이다. 맹자는 백성의 생활을 원활케 하고 공직자의 부패를 막을 수 있는 '정전법(井田法)'의 부활을 권장했으며, 인의가 실현되는 정치를 이룩하기 위해 왕들에게 조언을 아끼지 않았다. 그러나 그들의 마음은 새 시대의 빛을 맞아들이기엔 협소한 창고와 같았다.

군주들에게 당장 필요한 것은 권력을 유지하거나 강화하기 위한 지배논리였다. 고대부터 현대에 이르기까지 독재자들이 보여 준 전형적 수법을 생각해 보자. 전국 시대의 왕들도 예외는 아니었다. 그들이 갈망한 것은 백성을 그럴듯한 명분으로 지배할 수 있는 이데올로기였다. 그들은 맹자에게서 통치 수단인 지배논리를 선물받고자 했던 것이다. 맹자가 벼슬과 출세에만 눈이 먼 속물 지식인이 었다면 애초에 본향을 떠나서 중국의 각 나라를 방랑하는 고생을 사서 하지는 않았을 것이다. 그러나 왕들의 욕심이 무엇인지를 정확히 꿰뚫어 보았던 맹자는 그들에게 기생하거나 타협하는 저급한 지식인이 아니었다.

사회학자 한완상의 개념을 빌려 표현하자면 맹자는 지식을 밥벌이의 도구로 사용하는 "지식 기사(技士)" 혹은 지식 기능인이 아니라 진정한 "지식인"이었다. 또한 미국의 정치비평가이자 사회윤리학자 라인홀드 니부어(Reinhold Niebuhr)의 개념을 빌려 말하면, 맹자는 국민의 행복이라는 "궁극적 가치"를 이루기 위해 자신의 지식을 "도구적 가치"로 아낌없이 선용하려고 했던 성숙한 지식인이었다. 후대 사람들이 성인에 버금가는 '아성(亞聖)'이라는 호칭으로 그를 불렀던 데는 이처럼 충분한 이유가 있었다.

맹자는 인의를 통한 정치의 발전이 당대의 왕들에게서는 이루어질 수 없다는 점을 깨달았다. 본향으로 돌아온 공자가 교육과 인재양성에 만년(晩年)을 바친 것처럼 맹자 또한 84세의 나이로 세상을 떠날 때까지 자신의 사상을 후학에게 전수하는 일에 열정을 불살랐다. '인(仁)'과 '의(義)'를 생활 속에서 온전히 실천할 줄 아는 지식인을 길러 내는 일이 궁극적으로는 백성의 마음(民心)을 헤아리는 정치의 문을 여는 열쇠임을 확신했던 것이다.

인간은 누구나 선(善)의 씨앗을 갖고 있다

맹자의 가르침을 담은 동명의 책《맹자(孟子)》는《논어》와 함께 유교의 대표적 경전으로 꼽힌다.《논어》,《대학》,《중용》과 함께 사서 중의 하나이기도 하다. 기독교의 경전인《신약성경》은 예수 그리스도의 가르침을 그의 제자들이 기록한 책이다.《맹자》도 비슷한 특징을 갖고 있다. 맹자의 사상과 가르침을 그의 제자들이 집대성한 책이기 때문이다. 이 책 속에 담겨 있는 맹자의 사상 중 사람들에게 가장 많이 알려진 가르침은 무엇일까? '측은지심'이 아닐까 생각한다. 가난, 소외, 실패 등으로 좌절한 사람들을 가엾게 여겨 그들의 아픔을 공감하려는 마음이 측은지심이다. "측은히 여긴다"는 말은 바로《맹자》에서 유래한 말이다. 측은지심은 인의 출발점이라고 할 수 있다.

맹자는 본래 인간의 본성을 "선(善)한 것"이라고 확신했다. 인간은 태어날 때부터 선한 본성인 측은지심을 간직하고 있다는 것이다. 측은지심은 마음의 흙 속에 심어진 선(善)의 씨앗이라고 말할 수 있다. 착한 성품인 인(仁)의 뿌리로 볼 수 있다. 씨앗과 뿌리가 밝은 햇빛, 깨끗한 공기, 풍부한 빗물을 받아들이면 어떤 모습으로 변할까? 튼튼한 줄기로 뻗어 올라 싱싱한 가지를 펼치지 않을까? '측은지심'이라는 선의 씨앗도 마찬가지다. 인격을 존중받으면서 정신적인 가르침을 꾸준히 받아들이는 환경 속에서 자라면, 측은지심은 인격적인 자양분을 먹고 마시게 된다. 다른 사람의 입장에 서서 상대의 상황을 이해하고 상대의 마음에 공감하는 힘이 점점 더 자라나게 된다. 남의 아픔을 어루만져 주고, 절망을 위로해 주며, 용기와 희망을 안겨 주려는 마음을 갖게 된다. 측은지심은 마침내 인의 상태에 이르게 된다. 선한 본성의 씨앗 속에서 선한 성품의 줄기가 솟아오른다.

그렇다면 '선'이라는 나무가 맺는 열매는 무엇일까? 나무의 줄기 역할을 하는 인은 어떤 아름다운 결실을 맺는 것일까? 위로해 주고, 격려해 주며, 도와주려는 생각을 입으로 말하고 손으로 전해 주는 것이 아닐까? 어진 마음과 성품은 인격적인 행동의 결실을 낳는다. '인'이라는 줄기는 손을 내밀듯 가지를 뻗어서 가지 끝에 '덕(德)'이라는 열매를 맺는다. 상대방을 위하는 너그러운 마음을 귀에 들리는 언어로 말하고, 눈에 보이는 행동으로 실천하는 것이다. 선의 씨앗인 측은지심은 선의 줄기인 인으로 자라나서 선의 열매인 덕으로 영글어 간다. 선한 본성은 선한 성품으로 성장하고, 선한 성품은 선한 행동으로 성숙한다.

"어진 이는 사람을 사랑하고, 예의가 있는 이는 사람을 공경한다. 사람을 사랑하는 이는 다른 사람도 항상 그를 사랑하고, 사람을 공경하는 이는 다른 사람도 항상 그를 공경한다. (중략) 군자는 달리 걱정할 일이 없다. 인(仁)이 아니면 하지 않고, 예(禮)가 아니면 행하지 않는다. 비록 한때 의외의 걱정이 있을지라도 군자는 걱정으로 여기지 않는다."

— 〈이루장구 하 · 28〉 중에서

아름다운 선(善)의 나무여! 선의 나무처럼 성숙한 사람을 맹자는 "군자(君子)"라고 불렀다. "사랑"이 마르지 않는 "어질고" 너그러운 성품(仁)으로 "사람을 사랑하는" 행동(德)을 기꺼이 실천하는 사람이 군자다. 쉘 실버스타인(Shel Silverstein)의 시적 소

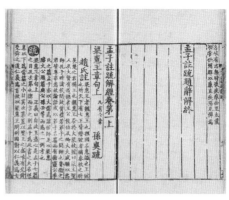

■ 《맹자》 중 〈양혜왕 상〉 편의 일부. "오직 인(仁)과 의(義)가 있을 따름입니다"라는 유명한 구절이 보인다.

설 《아낌없이 주는 나무》의 주인공 나무처럼 군자는 인자한 마음 (仁)으로 아낌없이 사랑을 베풀 줄 안다. 따스한 덕(德)을.

인자한 성품으로 덕을 나타내는 사람을 군자라고 한다면 그는 많은 사람의 존경을 받게 마련이다. 그의 마음의 원천에서 흘러넘치는 사랑의 생수가 사람들의 마음을 움직여서 그들의 뜻을 군자의 뜻과 다툼 없이 연합하게 한다. 인간관계에서 흔히 경험하는 갈등과 불화를 극복하고 마음의 상처를 아물게 해 주는 진정한 힐링 (healing)의 힘은 사랑이다.

"덕으로 복종시키는 이는 사람들이 기뻐서 진정으로 그에게 복종하는 것"이라는 맹자의 말에 귀를 기울여 보자. 눈앞의 이익을 위해서라면 신의와 약속을 아무렇지도 않게 저버리는 오늘의 사회에서 상대방의 손을 잡고 화평의 꽃길을 동행하도록 이끌어 주는

✖ 맹자 묘지 입구

인간다운 이정표는 '사랑'이다. 인간의 몸속을 흐르는 혈액처럼 사
랑은 선(善)의 나무속을 흘러가는 수액과 같다.

"사람을 사랑하는 이는 다른 사람도 항상 그를 사랑하고,
사람을 공경하는 이는 다른 사람도 항상 그를 공경한다."

– 맹자의 《맹자》 중에서

"맹자가 말한 '차마 어찌할 수 없는 마음(不忍之心)'은
결코 허약한 것이 아니다. 그것은 타인이
위협받는 상황에서 (인간의 선한 본성에 의해) 불쑥 나타나면서,
불현듯 우리에게 인간공동체의 중요성을 상기시켜 준다.
그것은 '나와 다른 사람',
즉 우리 사이를 다시금 생명력이 넘치게 만들어 준다.
인간의 삶은 바로 이러한 관계의 끈으로 이어진 것이다."

– 프랑스 철학자 프랑수아 줄리앙(François Jullien)

노자의 《도덕경》과
칸트의 《순수이성비판》

노자(기원전 604~기원전 531)와 이마누엘 칸트(1724~1804)

눈에 보이는 만물의 기원은 무엇일까요?
그것은 눈에 보이지 않는 도(道)입니다.
생명을 가진 모든 것은
도와 생명선(生命線)으로 연결된 존재들입니다.
'미물(微物)'이라고 무시당할 존재는 없습니다.
우리 모두는 하나의 근본에서 태어난 것입니다.

- 현대인에게 주는 노자의 편지

자연을 닮아 가는 인생
- 노자의《도덕경》과 칸트의《순수이성비판》

자연의 법칙과 순리에 순응할 것을 가르친 노자

도가(道家) 사상의 창시자로 알려진 중국의 노자(老子). 〈일리아스(Ilias)〉와 〈오디세이아(Odysseia)〉의 저자 호메로스(Homeros)처럼 그가 실존 인물인지 혹은 가공의 인물인지를 놓고 지금까지도 논란이 분분하다. 그가 실존 인물이라고 믿는 사람들의 기록에 따르면, 노자는 초(楚)나라의 고현에서 태어난 이이(李耳)라는 이름의 인물이다. 주(周)나라 시절에는 수장실(受藏室)에서 '사(史)'라는 벼슬을 맡았다. 노나라의 공자는 직접 노자를 찾아가서 '예(禮)'에 관한 가르침을 들었다고 한다. 노자와 공자의 만남이 사실이라면 공자에게 미친 노자의 사상적 영향을 부인할 수 없을 것이다.

주나라의 멸망을 예감하고 주나라를 떠나려던 노자가 국경의 관문에 이르렀을 때 그곳의 관리였던 윤희(尹喜)는 장차 노자가 세상을 등지고 자연 속에 묻혀 은둔할 것을 알고 마지막 가르침을 글로 남겨 줄 것을 간청했다고 한다. 윤희의 부탁을 받아들인 노자는

'도(道)'와 '덕(德)'에 관한 가르침이 담긴 오천여언(五千餘言)을 상
편과 하편으로 나눠 윤희에게 전해 주고 떠났다고 한다. 그 후에는
노자를 본 사람이 없다고 전해진다. 이 '오천여언'의 글이 후대에
전해진 책이 바로《도덕경(道德經)》이다.

자연의 법칙과 순리에 순응할 것을 가르친 노자의 사상은 가장
자연적인 존재인 신선(神仙)을 추앙하는 선교(仙敎)와 자연스럽게
결합해 '도교(道敎)'라는 융합적 종교를 낳게 되었다. 그러므로 도
교 신자들에게는 노자가 곧 교조(敎祖)이며 정신적 지주다. 이제부
터 '무위자연(無爲自然)'과 '도(道)'라는 말 속에 함축되어 있는 노자
의 사상을 만나보자.

"근본으로 되돌아간다는 것은 '도(道)'의 움직이는 법칙이다."

-〈상편 제40장〉중에서

"'도'만이 오직 천하 만물에게 힘을 잘 빌려주고, 만물이 그 목적을
이루도록 해준다."

-〈상편 제41장〉중에서

노자의 말에 따르면 "도(道)"는 보이지 않는 진리다. 도는 눈에
보이는 "만물"을 낳는다. 도는 "만물"을 움직이는 보이지 않는 "근
본"이다. 만물은 도에서 태어난다. 만물은 보이지 않는 도가 밖으
로 나타난 가시적 현상이다. '도덕'이라는 낱말의 형태를 보면 알

✖ 한자어 판본 《도덕경》 상편(上篇) 제1장

수 있듯이, '덕(德)'이라는 중요한 개념은 도를 떠나서는 존재할 수 없다. 덕의 근원은 도이기 때문이다. '덕'이란 도가 구체적으로 드러난 현상이다. '도'라는 근원이 자연스럽게 사람의 말과 행위를 통해 나타나면 덕이 이루어진다. 〈상편 제28장〉에 보면 노자는 "통나무가 쪼개져 다듬어지면 여러 가지 기물(器物)이 생산되는 것처럼 시원(始原)의 도(道)가 덕(德)으로 나타나면 인재(人材)가 배출된다"고 말했다. 사람의 언행에서 나타나는 절제, 겸손, 유순(柔順), 봉사, 자선, 이타적 사랑 등은 도에서 우러나오는 덕의 구체적 모습임을 알게 된다. 도에서 덕이 흘러나오는 것은 인위(人爲)를 배제한 자연성(自然性)이 발현되는 과정이다. "도(道)는 '자연'을 규범으로 한다"는 노자의 말이 이것을 대변하고 있다. 노자의 말을 직접 들어보자.

"형체는 없지만 완전한 그 무엇이 있어 하늘과 땅보다 먼저 생겼다. 그것은 소리도 없고 텅 비어 있으며 짝도 없이 홀로 있다. 언제나 변함이 없고 어디든 안 가는 곳이 없건만 지치지 않는다. 그러므로 천하 만물의 어머니라 할 만하다. 우리는 그것의 이름을 알지 못한다. 그래서 임시로 '도(道)'라고 지어 부른다. 억지로 이름을 붙인다면 '큰 것(大)'이라고 해야 할 것이다. '크다'는 것은 '간다(逝)'[11]는 것이고, '간다'는 것은 '멀어진다(遠)'는 것이며, '멀어진다'는 것은 '되돌아온다(反)'는 것이다. 그런 까닭에 '도'가 큰 것처럼 하늘도 크고, 땅도 크며, 왕(王)도 또한 크다. 이렇게 세계에는 네 가지 큰 것이 있는데, 왕도 그중의 하나다. 사람은 땅을 규범으로 하고, 땅은 하늘을 규범으로 하며, 하늘은 '도'를 규범으로 하고, '도'는 '자연'을 규범으로 한다."

- 〈상편 제25장〉 중에서

위 문장은 《도덕경》〈상편 제25장〉의 내용이다. 여기에 기록되었듯이 도는 "언제나 변함이 없고, 어디든 안가는 곳이 없다"고 노자는 말했다. 도는 만고불변(萬古不變)과 무소부재(無所不在)의 성격을 갖고 있는 "완전한 그 무엇"이다. 그렇다면 노자가 생각하는 도란 진리와 다르지 않다. "천하 만물의 어머니라 할 만한" 삼라만상의 근원인 것이다.

기독교와 이슬람교 등 유일신을 신봉하는 종교의 시각으로 바라본다면, 도는 신(神)이다. 그러나 분명한 차이가 있다. 유일신을 믿는 자들의 도는 초자연적인 절대자다. 그러나 노자가 말하는 도는 초자연적인 존재도 아니고 유일신도 아니다. 〈상편 제25장〉에 기록된 것처럼 도는 "자연을 규범으로 하는" 자연적 근본이다. 노자

. . . .

11 《도덕경》을 번역한 중문학자 황병국은 다음과 같이 '절(逝)'의 의미를 설명한다. "逝(절) - '지나간다'는 뜻. 가버린 채 돌아오지 않는다는 뜻으로 많이 쓰인다."

가 전하는 도는 기독교와 이슬람교의 신비주의적 성격을 벗어나
있다.

　서양 철학의 렌즈로 바라본 도는 어떤 것일까? 고대 그리스의 현
자 플라톤(Platon)에게 도를 묻는다면 그는 "이데아(Idea)"라고 말
할 것이다. 이성주의(理性主義)를 성숙시킨 이마누엘 칸트(Immanuel
Kant)에게 질문한다면 사물의 본질이자 사물의 '실체'인 "물(物) 자
체(Ding an sich)"라고 말했을 것이다.

> "그러한 대상(물(物) 자체)에 대해 (오성을 통해) 종합적·선험적으
> 로 인식하는 것은 전혀 불가능하다. (중략) 현상이 어떻게 변화하
> 더라도 실체는 상주불변하며, 자연에서 실체의 분량은 증대되지
> 도, 감소되지도 않는다."
>
> 　　　　　　　　　　　　　　　　　　　　　　－《순수이성비판》중에서

　인간의 이성을 이루고 있는 가장 중요한 기관은 '오성(悟性)'이
다. 칸트는 인간의 오성으로는 사물의 본질인 '실체'를 인식할 수
없다고 강조했다. 오성의 힘으로 인식할 수 있는 것은 눈에 보이지
않는 본질, 즉 '실체'가 아니라 눈에 보이는 '현상'일 뿐이라는 것
이다. 사물의 본질이 무엇인지 오성의 힘으로 명확히 알 수 없다면
그 본질을 인간의 언어로 명명할 수 없다는 결론에 이른다. "도"는
"완전한 그 무엇"이며 "이름을 알지 못한다"는 노자의 견해와 칸
트의 생각은 너무나 닮아 있지 않은가?

"설명할 수 있는 '도(道)'는 영원한 도가 아니요, 부를 수 있는 '이름'은 영원한 이름이 아니다. 무명(無名)은 하늘과 땅의 기원이요, 유명(有名)은 만물을 기르는 어머니에 지나지 않는다."

- 〈상편 제1장〉 중에서

오성의 힘으로 인식할 수 없기 때문에 당연히 인간의 언어로는 "설명"할 수도 없고 "이름을 부를 수도" 없는 것이 도(道)임을 노자는 말하고 있다. 〈상편 제25장〉에서 이야기한 것처럼 '도'라는 이름조차도 "임시로, 억지로 지어 부르는 이름"일 뿐이다. 노자뿐만 아니라 서양의 수많은 시인도 만물을 기르는 어머니를 "땅(대지)"이라고 이름 지어 불러 왔다. 그러나 땅은 만물을 기를지라도 만물을 낳는 근원은 아니다. "땅"조차도 도가 낳은 생명일 뿐이다. 이름을 부를 수 있는 유명(有名)의 "땅"은 이름을 부를 수 없는 무명(無名)의 도에서 태어난 것이다. 도는 "땅"의 근본이자 "기원"이다. 인간의 눈으로 볼 수 있는 개별적인 생명체와 사물은 시간의 한계와 공간의 틀을 벗어날 수 없다. 그러나 도는 처음과 마지막이 없다. 〈상편 제1장〉에 기록되어 있듯이 도는 시간의 한계를 초월한 "영원한" 그 무엇이다. 개별적인 사물은 눈에 보이는 물리적 공간 안에 있지만 도는 모든 가시적 공간의 기원이자 근원이다. "하늘의 기원"이 도라는 노자의 견해가 도에 대한 이해를 돕는다.

《도덕경》의 심원한 영향력

노자의 사상이 중국, 한국, 일본 등 극동 아시아 지역의 문화권에만 영향을 준 것은 아니다. 서양의 사상계에서도 그의 영향력을 발견할 수 있다. 동양 지역에서는 자연철학, 자연의 흐름을 활용하는 병법(兵法), 위정자들의 정치관, 사람의 마음을 읽으려는 처세술 등 전통적인 분야들이 노자의 영향을 받았다. 서양 세계에서는 여성의 인격과 인권을 남성의 그것과 동등하게 존중하는 페미니즘(여성주의), 모든 생물의 생명권(生命權)을 존중하는 생태주의, 평화의 범주를 인간 세계에서 자연 세계로까지 넓혀 가려는 평화주의, 전쟁에 반대하는 반전(反戰) 사상 등 20세기 중반 이후의 현대 사상들이 노자의 '도 사상'에서 많은 영향을 받았음을 인정해야 한다. 이 중에서 반전 사상과의 연관성을 살펴보자.

> "무위자연의 도(道)로 임금을 보좌하려는 사람은 무력으로 천하에 강대해지려고 하지 않고 그가 하는 정치는 근본인 도(道)로 되돌아 가려 한다. 왜냐하면 군대가 주둔하고 있는 곳에는 가시나무가 자라서 논밭이 황폐해지고 큰 전쟁이 있은 뒤에는 반드시 굶주림이 따르기 때문이다."
>
> —〈상편 제30장〉 중에서

> "대체 무기란 것은 불길한 것으로서 누구나가 항상 싫어하는 것이다. 그러므로 도(道) 있는 사람은 거기에 몸을 두지 않는다."

"큰 전쟁이 있은 뒤에는 반드시 굶주림이 따른다"는 노자의 말에서 전쟁을 비판하는 반전(反戰)의 패러다임을 읽을 수 있다. 삼라만상의 근본인 도를 자연성(自然性)의 정수(精髓)로 본다면 전쟁은 자연성을 파괴하는 가장 무서운 폭력이다. "무력으로 천하에 강대해지려고" 일으킨 전쟁은 인위적 욕망이 낳은 가장 참혹한 결과다. 전쟁은 도를 거스르며 덕을 그르치는 인위적 행동의 표본이다. 국민에게는 굶주림을 가져오고 땅에게는 황폐함을 강요하기 때문이다. 무엇보다도 자연과 인간 사이의 생명선(生命線)을 끊어 놓고 생명체를 파멸시키는 불길한 주범이 전쟁의 무기라는 사실은 시대를 초월해 경각심을 일깨운다. 그 누구도 싫어할 수밖에 없고 싫어해야만 하는 것이 전쟁임을 노자는 경고하고 있다. 자연과 생명을 존중하는 생태의식과 전쟁에 저항하는 반전의식이 함수 관계를 이루는 것을 노자의 사상에서 발견할 수 있다.

"'덕'이 높은 사람은 스스로 '덕'이 있다고 생각하지 않는다. 그런 까닭에 실로 덕이 있는 것이다. '덕'이 낮은 사람은 덕이 있는 체함을 뿌리치지 못한다. 그런 까닭에 실은 덕이 없는 것이다. '덕'이 높은 사람은 아무런 행동을 하지 않아도 이루어 내지 못하는 일이 없다. '덕'이 낮은 사람은 행동을 하더라도 그 무엇도 이루어 내지 못한다. 인애심(仁愛心)이 많은 사람은 행동을 하더라도 동기(動機)

가 있어서 하는 것이 아니다."

-〈하편 제38장〉 중에서

모든 일에 있어서 인위(人爲)를 거부하고 자연의 순리와 자연성을 따르는 노자의 '무위자연' 사상은 인간의 모든 사회적 관계에 적용된다. 일상생활에서 만나는 상대방의 고유한 기질, 성품, 재능을 있는 그대로 인정하고 존중하는 바탕 위에서 관계를 맺어 나갈 때 '나와 너'의 '상호 관계'가 자연스럽게 튼실해짐을 배울 수 있다. 상대방을 나의 생각과 나의 목표에 종속시키려는 욕심을 버리고 "덕이 있는 체함을" 지양하는 마음에서부터 건강한 인간관계의 첫발을 내디딜 수 있다. "세상에서 가장 연한 물"처럼 "인애심(仁愛心)"을 바탕으로 '원한마저도 덕으로 갚으려는' 넉넉한 생각이 세상을 발전시키는 자연스러운 길을 열 것이다.

"세상에서 가장 무르고 연한 것, 즉 물(水)은 세상에서 가장 단단한 것, 즉 쇠와 돌을 마음대로 움직이고, 자신의 일정한 모양을 갖지 않은 물은 어떤 틈이 없는 곳에라도 마음대로 스며든다."

-〈하편 제43장〉 중에서

"사람은 땅을 규범으로 하고,

땅은 하늘을 규범으로 하며,

하늘은 '도'를 규범으로 하고,

'도'는 '자연'을 규범으로 한다."

– 노자의 《도덕경》 중에서

"노자의 '도(道)'는 모든 것에 길을 내주는 길이다."

– 독일의 철학자 마르틴 하이데거(Martin Heidegger)

아우구스티누스의 《고백록》

성(聖) 아우구스티누스(354~430)

뉘우치는 삶을 부끄러워하지 마세요.
뉘우친다는 것은 잘못을 안다는 뜻입니다.
잘못을 인정하고 돌이킬 때에
어제보다 나은 오늘의 길을 걸을 수 있습니다.
방탕을, 태만을, 이기주의를 뉘우치는 것도 중요하지만
무엇보다도 먼저 뉘우쳐야 할 것은
교만이 아닐까요?
자신의 부족함을 인정할 줄 모르는 것은
진리 탐구의 길을 가로막는 장애물입니다.
겸손은 진리의 문을 여는 현명한 열쇠입니다.

– 현대인에게 주는 아우구스티누스의 편지

겸손에서 시작되는 진리 탐구의 길

– 아우구스티누스의 《고백록》

《고백록》이 알려 주는 겸손의 미덕

기독교의 교부(敎父)[12]시대를 열었던 아우구스티누스(Aurelius Augustinus).[13] 그는 로마의 식민지였던 북아프리카의 타가스테(Tagaste)[14]에서 태어났다. 그가 '성(聖) 아우구스티누스'라는 칭호를 얻게 된 이유는 무엇일까? 히포(Hippo)의 주교로 생활하는 동안 《성경》의 가르침을 위배하지 않는 성직(聖職)의 귀감을 보여 주었기 때문이다. 그는 신학, 문학, 철학의 경계를 넘나드는 방대한 인문학의 지식체계를 갖춘 대학자이기도 했다. 또한 인생의 깨달음과 폭넓은 지식을 탁월한 수사학적 언어로 서술한 문필의 대가이

••••••

12   고대 및 중세 초기의 그리스도교 저작가(著作家) 중 교회에 의해서 정통 신앙의 전승자로서 인정된 사람들을 말하는 것으로, 그 저작이 성서가 가진 고대의 권위를 계승하거나 그에 필적하는 권위를 가진 사람들을 이른다. 고대 교부 가운데 최고의 사상가는 아우구스티누스다.
13   영어권에서는 '어거스틴'으로 불린다.
14   지금의 알제리 땅이다.

기도 했다.

아우구스티누스가 저술한 책들 중에서 세계인의 변함없는 사랑을 받고 있는 책은 《고백록(Confessions)》이다. 기독교 세계에서는 《참회록》이라는 이름으로도 알려져 있다. 이 책에서 그는 쾌락을 탐닉했던 방탕의 세월을 절대자 '하느님'에게 마음속 깊이 뉘우치고 있다. 그러나 그의 참회는 자신의 생각과 의지만을 믿어 왔던 "교만"을 뉘우칠 때 더욱 진실한 빛을 발하고 있다.

> "나는 벌을 충분히 받았음에도 불구하고 어느새 지혜로운 자처럼 행세하기 시작했으니, 나의 무지를 슬퍼하기는커녕 나의 지식을 뽐내고 있었습니다. 그러하오니 겸손의 바탕 위에 세워질 사랑이 과연 내게 있었겠습니까."

학문의 길은 새로운 사실이나 진리를 알고자 하는 "호기심"에서 부터 출발한다. 호기심 혹은 지적 탐구욕이 없다면 학문연구와 교육활동은 불가능하다. 그러나 '학문은 왜 해야 하는가?'라는 학문의 존재 이유를 이해하려고 노력하지 않는다면 아무리 지식에 대한 호기심이 강하다고 해도 그것은 헛된 "욕구"에 불과하다는 것을 아우구스티누스는 깨달았다. '무엇을 위해 학문을 해야 하는가?'라는 학문의 목적을 스스로 묻고 답변을 찾으려고 노력하지 않는다면 지식을 소유할수록 호기심의 욕구가 충족되어 교만에 빠질 수 있다는 것을 아우구스티누스는 알게 되었다. 그는 학문에 대한 근본적인 물음을 스스로에게 던지지 못한 채 자신의 천부적 능력만을 지나치게 신뢰했던 젊은 날의 교만을 고백하고 있다.

아우구스티누스는 지식을 통해 얻은 수사학의 능력으로 "남을 이기는" 데서 쾌감을 얻었다고 고백한다. 밀라노에서 수사학을 가르치던 시절에 학생들을 "신실한" 인재로 성장시키려는 교육자의 소명보다는 "말(言語)로 남을 이기는 재주를 파는" 지식의 상거래에 열정을 기울여 왔다고 참회한다.

"학생들을 속이지는 않았으나 그들에게 속임수를 가르쳐 주었습니다."

진리 탐구를 가로막는 장벽 – 교만

아우구스티누스의 진실한 고백은 자신의 학문과 교육 속에 학생들을 향한 '사랑'이 결여되어 있었음을 뉘우치고 있다. '사랑'이란 본래 "겸손의 바탕 위에 세워져야" 하는데도 "무지를 슬퍼하기는커녕 지식을 뽐내는" 교만에 사로잡히다 보니 자신의 학문은 진리를 향한 길을 잃고 자신의 교육은 지식의 바다에서 표류하게 되었다는 것이다. 젊은 시절의 아우구스티누스처럼 학자라면 누구나 진리를 탐구하다가도 쌓여 가는 방대한 지식을 내세우며 교만에 빠지기 쉽다. 그가 고백한 것처럼 풍부한 지식에서 얻은 전통과 관습을 척도로 삼아 사건과 현상들을 성급하게 판단하는 것이 교만에 빠진 학자들의 현주소다. 이는 아우구스티누스의 옛 모습과 같다.

"나는 교만한 미치광이들, 몹시도 육신적인 말쟁이들에게 빠지게 되었습니다. (중략) 저들의 마음은 진리에서 멀리 떨어져 있었습니다. 저들은 '진리, 진리'를 외쳤고 나에게 진리에 대한 말을 많이 하였으나 저들에게 진리가 있은 적은 한 번도 없었습니다. 저들은 거짓말을 하고 있었습니다."

"마니교"로부터 "진리"를 찾으려고 시간을 허비했다는 아우구스티누스. 오늘날에도 수많은 학자가 새롭게 유행하는 철학과 헛된 속임수에 현혹되어 경박한 사상에 쉽게 빨려들어가는 잘못을 저지르기도 한다. 그는 진리 탐구의 과정에서 누구든지 경험할 수 있는 "칭찬받을 욕심"의 "덫"을 경계하라고 경고한다. 그의 "교만"을 점점 더 자라나게 한 근본적 원인은 남보다 우월하다는 것을 뽐내고 싶어 하는 자기과시의 욕심이었다. "칭찬을 받음으로 기쁨을 키우면서" 자기의 이름을 드높이고 싶어 하는 헛된 명예욕이었다. 이 명예욕과 자기과시의 욕심이 결합하면 교만은 비대해져서 진리 탐구의 길을 가로막는 장벽이 된다는 것을 그는 경고하고 있다.

"(사람들의) 입에서 나오는 (나에 대한) 말과, 사람들이 나의 행동에 대하여 알고 있는 바에 (내가 마음을 쓴다면, 나는 칭찬과 관련하여) 무섭기 그지없는 시험을 받게 됩니다. (실로) 칭찬받기 좋아하는 자는 자기자신의 영광을 내세우기 위하여 이리저리 칭찬을 (거지처럼) 구걸하며 다닙니다."

⊠ 아우구스티누스의 《고백록》
제7권의 일부. 13세기 사본.

"내가 사람들의 두려움의 대상이 되고 동시에 사랑의 대상까지 되기를 원함은 그로 인해 기쁨을 얻고자 함이나, 그것이 어찌 참된 기쁨이 되겠습니까? 그것은 가련한 삶이요, 추악한 교만으로 얼룩진 삶입니다."

고대, 중세, 근대의 학자들은 물론 21세기의 학자들에게도 "교만"의 장벽을 허물라고 충고하는 아우구스티누스의 목소리가 귀에 잠잠히 울린다. 그는 육신의 감각이 낳은 명예욕과 자기과시의 욕심을 이성(理性)과 지성의 힘으로 이겨내고 겸손한 마음으로 진리 탐구의 길을 걸어가기를 지상의 모든 학자에게 진심으로 바라는 것이 아닐까?

'학문은 왜 해야 하는가?' '무엇을 위해 학문을 해야 하는가?' 이 근본적인 물음의 불빛을 길잡이로 삼아 교만의 어둠을 헤치고 진리를 찾아 나서는 탐구자의 길을 아우구스티누스의 책에서 만나 보자. 지금도 이성의 등잔 한가운데 앉아 있는 '생각'이라는 심지에 기름을 붓고 있는 젊은이여! 지성의 기름 속에 던져 넣을 겸손의 불씨를 준비하자. 교만의 어둠을 지우는 학문의 불꽃을 활활 타오르게 할 불씨를.

"내가 칭찬을 받고 기쁜 마음을 가져도 되는 때는
나 자신을 위하여가 아니라
내 이웃의 유익을 위하여 도움이 될 때라는 사실입니다."

– 아우구스티누스의 《고백록》 중에서

블레즈 파스칼의 《팡세》

블레즈 파스칼(1623~1662)

인간은 갈대처럼
연약하고 불완전합니다.
그러나 신(神)에게서 선사받은 '이성'의 힘으로
사색과 깨달음을 멈추지 않는
'생각하는 갈대'란 것을 잊지 마세요.
'이성'이라는 가이드의 안내를 받아
영원의 길을 걸어가는…….

– 현대인에게 주는 블레즈 파스칼의 편지

동반자의 길을 걷는 이성과 신앙
– 블레즈 파스칼의 《팡세》

인간에게 관심을 돌리다

'르네상스'가 '문예부흥'이라고 불리는 이유는 '인간성'과 '자유'를 표현하는 문학과 예술을 화려하게 꽃피웠기 때문이다. 이때 인간성, 자유, 개성, 감정 등을 학술적으로 연구할 뿐만 아니라 연구 내용을 글로 써 나가는 저술 활동이 유럽의 각 지역에서 활발하게 일어나서 '인문주의(人文主義)' 시대를 꽃피웠다. 우리가 지금 사용하는 '인문학'이라는 용어는 르네상스의 인문주의에서 생겨났다. 기독교인들이 비판적 관점으로 사용하는 '인본주의'라는 명칭도 사실은 르네상스 시대의 인문주의를 근원으로 삼고 있다. 그러나 우리가 잊지 말아야 할 사실이 있다. 신학(神學) 위주로만 전개되었던 서구 세계의 학문이 신학에 편중되는 양상을 벗어나서 철학, 문학, 역사학, 사회학 등의 인문과학과 수학, 천문학, 생물학, 물리학 등의 자연과학에 이르기까지 다양한 학문세계로 확장되고 발전하게 되는 출발점이 바로 르네상스 시대의 인문주의라는 사실이다.

인문주의가 몰고 온 학술 연구와 저술 활동은 기독교 세계에 큰 충격을 주었고, 변혁의 동기를 제공했다. 그 동기를 부여받은 사람들은 누구일까? 14세기 이후 16세기에 이르기까지 교황, 추기경, 주교, 부주교 등의 사제들이 《성경》의 본질을 크게 벗어나서 권력과 금력(金力)의 노예로 타락해 가는 부패 현상에 혐오감을 느낀 성직자들이 있었다. 영국의 존 위클리프(John Wycliffe), 체코의 얀 후스(Jan Hus), 프랑스의 자크 르페브르 데타플(Jacques Lefèvre d'Étaples), 독일의 마르틴 루터(Martin Luther) 등이다. 그들은 "성경으로 돌아가자!"라고 외치면서 기존의 라틴어 《성경》을 자기 나라의 언어—영어, 체코어, 프랑스어, 독일어—로 번역했다.

기존의 라틴어 《성경》은 난해해서 군주, 귀족, 성직자, 지식인 등 지배계층에 속해 있는 소수만이 읽을 수 있었다. 그러나 유럽의 각 지역에서 '종교개혁'을 일으킨 선각자들은 다수의 평민 혹은 농민이 쉽게 읽을 수 있도록 그들의 생활언어로 라틴어 《성경》을 번역했다. 이미 1455년에 독일의 요하네스 구텐베르크(Johannes Gutenberg)가 발명한 금속활자의 인쇄술에서 도움을 받아 유럽 각 나라의 번역본 《성경》이 대량으로 인쇄, 출판되어 평민들에게 전파되었다. 1460년부터 1500년대 이전까지 이탈리아어 《성경》, 네덜란드의 델프트어 《성경》, 서쪽 슬라브 지역의 체코어 《성경》 등이 차례로 출간되어 그 지역의 언어를 사용하는 평민들에게 널리 보급되었다.

16세기 초에는 네덜란드의 인문주의자였던 에라스뮈스

✖ 독일의 종교개혁가 마르틴 루터

(Erasmus)[15]가 기존의 라틴어《성경》에서 찾아낸 수많은 오역을 모두 고쳐서 새로운 개정판 라틴어《성경》을 출판하기도 했다. 그만큼 기존의 '불가타' 라틴어《성경》은《성경》의 원본인 히브리어《성경》과 헬라어(그리스어)《성경》과 비교해 볼 때 많은 문제점을 갖고 있었던 것이다. 1523년 프랑스의 자크 르페브르 데타플은 기존의 라틴어《신약성경》을 프랑스어로 번역, 출판해 프랑스 국민에게 보급했다. 그의 번역 활동의 영향을 받아서 헝가리어《성경》과 에스파니아어《성경》이 잇따라 출간, 보급되었다.

독일에서는 '종교개혁'의 선구자인 마르틴 루터가 라틴어《신약성경》을 독일어로 번역해 1522년 독일어본《신약성경》을 출판, 보급했다. 1534년에는 라틴어《구약성경》을 독일어로 번역해 독일어본《구약성경》을 출판, 보급했다.《성경》의 독일어 완역이 이루어진 것이다. 1546년 마르틴 루터는 구약과 신약을 종합한 개정판 독일어본《성경》을 출판해 독일 전 지역에 보급했다.

유럽 각 나라의 평민들은 자기나라의 언어로 쉽게 번역된《성

......

15 1466~1536. 네덜란드의 인문학자, 가톨릭 사제. 에라스뮈스는 르네상스 시기의 가장 중요한 학자 중 한 사람으로 손꼽히는 인물이다. 그는《우신예찬》에서 부패한 가톨릭 교회를 비판하고 성직자의 위선을 풍자했다. 이는 종교개혁에 많은 영향을 미쳤다.

경》을 읽으면서—무식자들의 경우엔—문맹을 면할 수 있게 되었고, 시간이 흐를수록 많은 지식을 얻게 되어 학문을 탐구하려는 욕구를 갖게 되었다. 평민층에 전해진 각 나라의 《성경》은 교육의 기능을 발휘해 평민층의 지식인들을 탄생시켰으며, 그들의 학문을 발전시켰다. 《성경》이 유럽인들의 이성을 성장시키는 시대가 열리면서 서구 문명의 발전은 탄력을 받게 되었다. 이러한 결실을 맺기까지는 인쇄술의 발명이 큰 역할을 했지만, 르네상스의 '인문주의'에서 비롯된 학술 연구와 저술 활동의 열기도 크게 작용했음을 부인할 수 없다.

수많은 인문주의자가 탐구의 대상으로 제기했던 문제들을 한마디로 요약하자면, '인간이란 어떤 존재인가?'라고 말할 수 있다. 이처럼 중요한 물음을 외면하지 않고 그 물음에 대해 오직 《성경》을 통해서만 해답을 내놓으려고 했던 성직자들과 신학자들의 신앙적, 정신적, 학술적 노력이 곧 '종교개혁'과 '《성경》 번역'이라는 '기독교 르네상스'를 탄생하게 했다. 종교개혁과 《성경》의 번역은 가톨릭 교회의 부패와 함께 갈수록 희미해져 가고 있던 《성경》의 본질을 상기하게 하고 하나님의 뜻을 부활시키려는 '재생' 운동이었다. 이런 의미에서 루터와 같은 종교개혁의 선구자들은 원본인 히브리어 《성경》과 헬라어 《성경》을 유일한 절대적 기준으로 삼아 라틴어 《성경》의 오역을 낱낱이 수정해서 자기 나라의 언어로 정확히 갱신했다.

그럼, 종교개혁가들이 오역을 바로잡는 일에 심혈을 기울였던 까닭은 무엇일까? 그들은 로마 가톨릭 제도권에 속해 있는 부패한 성직자들에 의해 '복음(das Evangelium)'이 심각하게 왜곡되고, 오역이 많은 라틴어 《성경》이 이러한 왜곡 현상을 도와주는 데 이용되고 있다고 생각했기 때문이다. 그들이 생각하는 진정한 '종교개혁'이란 그리스도의 가르침과 희생, 즉 '복음'을 자기 나라의 모든 기독교인이 《성경》에서 직접 읽고 깨닫는 가운데 스스로 성직자들의 부패와 세속 권력자들의 횡포를 비판하고, 나아가 가톨릭을 쇄신해 나가는 것이었다. 《성경》의 번역, 인쇄, 출판, 보급은 시간이 흐를수록 평민들에게 지식의 힘을 공급하는 원동력이 되었다. 또한 로마 가톨릭의 종교 권력과 제후들의 세속 권력에 대한 평민들의 비판의식을 발전시키는 힘이 되었다. 결국 평민들의 비판의식, 이성의 성장, 새로워진 신앙의식이 결합해 '프로테스탄티즘(Protestantism)'[16]의 탄생을 낳았다. 이와 같이 종교개혁과 《성경》 번역은 평민층 기독교인들의 신앙을 성장시켰을 뿐만 아니라 그들의 이성까지도 발전시키는 계기가 되었다.

16세기 전반기부터 종교개혁과 《성경》 번역에 의해 전개되기 시작한 유럽인들의 이성·학문·문명의 발전은 18세기에 이르러 칸트와 헤겔의 '관념론' 철학을 비롯한 서구 근대 철학에 적지 않

· · · · · ·

16 루터와 칼뱅 등이 주도한 종교개혁에 의해서 성립한 기독교 교파들의 총칭. 프로테스탄티즘의 원리가 된 것은 인간은 선행에 의해서가 아니라 신앙에 의해서만 의롭게 된다는 '신앙의인설', 신앙의 근거를 오직 성서에서만 구하는 '복음주의', 성직자 제도를 폐지하고 신 앞에서의 평등을 주창하는 '만인사제주의'다.

은 영향을 주었다. 헤겔(G. W. F. Hegel)은 만물은 "절대정신(Der Absolute Geist)"의 반영물이라고 주장했다. 그의 '객관적 관념론'을 《성경》의 세계관으로 재해석한다면 '절대정신'은 곧 신(神)과 같다고 볼 수 있다. 모든 사물과 모든 생명체의 근원인 '절대정신'은 모든 한계를 초월한 상태에 있으므로 《성경》의 관점에서는 신(神)의 신성(神性)이라고 말할 수 있는 것이다.

헤겔에 앞서 서구의 관념론 철학을 주도했던 이마누엘 칸트는 "물(物) 자체(Ding an sich)"를 인간의 오성(悟性, 철학적 지성이나 사고의 능력)으로는 결코 인식할 수 없다고 주장했다. 이때 '물 자체'란 사물의 본질을 뜻한다. 칸트는 '물 자체'를 인식할 수 있는 존재는 오직 신(神)밖에 없음을 인정했다. 이성의 발전이 문명과 역사의 발전을 가져온 것은 사실이지만 이성조차도 신(神)의 절대적 완전성에는 미치지 못하는 한계를 갖고 있음을 분명히 밝혀 주고 있는 것이다.

그러나 칸트와 헤겔을 비롯한 서구 근대 철학은 종교개혁과 《성경》의 번역, 출판, 보급 이후에 성장을 거듭해 온 유럽인의 이성과 문명의 발전 과정에서 자연발생적으로 나타난 정신적 산물이 아닐까?

인간은 생각하는 갈대

17세기 초 철학, 수학, 신학, 문학 등에 조예가 깊었던 프랑스의 블레즈 파스칼(Blaise Pascal). 그의 저서 《팡세(Pensées)》에서는 신앙적 이성 혹은 이성적 신앙의 중요성을 읽을 수 있다. 이성에게 도움을 받고, 이성과 조화를 이룰 때 신앙은 더욱 성숙한다는 것이다. 인간은 "갈대"처럼 연약하고 유한하고 불완전한 존재임에 틀림없다. 칸트가 말한 것처럼 인간의 이성에도 한계는 있다. 그러나 이성의 한계를 깨닫는 힘도 이성에서 우러나오는 것을 부인할 수 없다. 그렇다면 이성의 도움으로 인간 자신의 실체를 냉철하게 성찰하고 이성의 모든 것까지도 신(神)에게 절대적으로 의탁하는 것이 진정한 인간의 길임을 파스칼은 문학적 언어로 우리에게 이야기하고 있다. 파스칼 자신도 로마 가톨릭 교회의 전횡과 독재에 반감을 갖고 있었으므로 '장세니즘(Jansenisme)'[17]의 개혁 정신을 크게 지지했다. 그는 누구보다도 프랑스의 종교개혁과 개신교 정신에 크게 공감했던 개혁적 사상가였다.

신(神)을 믿을수록 그의 강함과 영원함과 완전함에 비추어 볼 때 "나" 자신은 연약하고, 유한하고, 불완전한 "갈대"일 수밖에 없다는 결론에 이르게 된다. 이 결론을 내리기까지 "나" 자신이 어떤 존재인지를 끊임없이 탐구하고 성찰해 나가는 이성의 손길이 신(神)을 향한 신앙을 이끌어 주는 신성한 조력자의 역할을 하고 있음을

• • • • • •

17 17, 18세기 프랑스의 종교, 정치, 사회에 큰 영향을 미친 종교운동. 초대 그리스도교의 신앙으로 돌아갈 것을 주장했다. 네덜란드 신학자 얀선(Cornelius Jansen, 프랑스명 장세니우스)이 주장한 은총에 관한 교의를 가리키는데, 단순히 얀선의 교설의 틀을 넘어서 장세니스트들의 신앙, 사상, 행동의 총체를 가리키는 호칭이 되었다.

《팡세》에서 분명하게 보게 된다. 초월적 존재이자 절대적 존재인 신 앞에 인간이 스스로를 내려놓고 인간의 모든 것을 그에게 의탁할 수 있는 길을 열어가는 데 도움을 주는 것이 이성의 역할이다. 인간이 한계를 깨닫는 순간에 이성은 인간으로 하여금 좌절케 하는 것이 아니라, 이 한계를 인정하도

✖ 1670년 파리에서 출간된 프랑스어판 《팡세(Pensées)》의 표제지. "인간은 생각하는 갈대."

록 이끌어 준다. 이성은 인간이 신에게 자신의 한계를 의탁하도록 도와준다. 이성은 신의 절대적 능력에 의해 한계를 극복하는 길이 열린다는 것을 인간에게 가르쳐 준다. 이성은 인간을 구원의 길로 이끄는 신앙의 동반자이며 영성을 훈련시키는 트레이너다.

이처럼 이성의 한계와 이성의 중요성을 동시에 깨닫는 과정을 통해 신앙은 깊이를 얻게 된다. 유한한 피조물인 "나"와 영원한 절대자인 신과의 관계를 끊임없이 사색하면서 신앙은 점점 더 견고해진다. "인간은 갈대"처럼 연약하고 불완전한 존재이지만, 이성을 통해 사색과 성찰을 멈추지 않는 "생각하는 갈대"인 까닭에 이성이라는 이정표를 통해 신과 연합하는 신앙의 길을 열어 가고자 하는 것이다.

"진정으로 신을 찾는 사람들에게는 자기를 알아볼 수 있도록 교회

안에 뚜렷한 표적들을 만들어놓았다. 그리고 오직 진정으로 신을 찾는 자 외에는 볼 수 없도록 그것들을 숨겨놓았다."

위에서 말하고 있는 것처럼 파스칼은 신과 "나"의 관계에 대해 진지하게 사색하면서 "진정으로 신을 찾는 사람들"에게서 인간의 위대함을 발견한다. 그러나 신과의 관계를 생각하지 않는 사람들과, 신을 믿으면서도 진지한 사색 없이 모든 것을 맹목적으로 수용하는 사람들에 대해서는 다음과 같이 환멸을 느낀다.

"우리의 궁극의 목적은 영혼의 불멸이며 아주 중대한 문제이다. 그런데 인생의 마지막 종말을 생각하지도 않은 채 인생을 보내는 사람들, 납득할 만한 빛을 그들 자신 속에서 발견할 수 없다는 단 한 가지 이유로 찾기를 게을리하고 쉽게 믿어버리는 단순함과 깊이 검토하는 것을 게을리하는 사람들에 대해서 나는 분노한다."

"이 세상에는 진정한 영속적인 만족이 없고, 모든 쾌락은 단지 공허할 뿐이고, 불행은 한도 끝도 없으며, 결국은 우리를 시시각각 위협하는 죽음이 머지않아 영원히 멸하거나 불행하게 만들 끔찍한 필연 속으로 어김없이 몰아넣으리라는 것을 인식하며 진지하게 인생의 문제를 생각할 수 있어야 한다"고 파스칼은 말한다. 유한하고 불완전한 피조물로서 인간이 갖고 있는 '비참함'을 고민조차 해 보지 않는 사람들에 대해 파스칼은 "분노한다." 그 비참한 한계상황

을 극복하기 위해 신을 어떻게 믿어야 하
며, 그와 어떤 관계를 맺어 가야 하는지에
대해 생각할 줄 모르는 사람들에 대해 파
스칼은 분노한다. 신이 인간에게 이성을
준 것은 인간의 '비참함'을 깨닫게 하기
위한 것이라고 파스칼은 생각하기 때문이
다. 신이 인간에게 신앙을 허락한 것은 그
'비참함'을 극복할 수 있는 인간의 '위대
함'을 체험케 하려는 것이라고 파스칼은
믿기 때문이다. 그래서 신이 확립해 놓은

✖ 프랑스의 사상가, 문필가 몽테
뉴(1533~1592)

인간의 정체성을 전혀 이해하지 못할 뿐만 아니라 생각조차 해 보
려 하지 않는 사람들에 대해 파스칼이 안타까움과 '분노'를 느끼는
것도 무리는 아니다.

'이성주의' 측면에서 파스칼에게 영향을 주었던《수상록(Essais)》
의 저자 몽테뉴(Michel Eyquem de Montaigne)는 인간의 이성으로는
진리를 완전히 인식할 수 없다는 한계를 깨닫는 순간에 회의주의
자가 되었다. '회의'는 한편에서는 신앙의 걸림돌이지만, 또 다른
한편에서는 이성을 통해 인간의 한계를 성찰케 하고 신앙의 세계
에 귀의(歸依)하는 길을 열어 주기도 한다. 그러나 몽테뉴는 신앙의
힘으로 인간의 한계를 이겨내려 하지 않고 마지막까지도 이성의
힘에 의지해 한계를 극복하려는 모순을 나타냈다.

파스칼도 몽테뉴처럼 이성의 한계를 깨닫는 순간에 찾아오는 회의를 부인할 수 없었다. 그러나 파스칼은 몽테뉴와는 정반대의 길을 걸어갔다. 그는 이성의 능력에 대한 회의를 통해 오히려 이성의 한계를 신(神)에게 전폭적으로 내려놓고 내맡기는 신앙의 길을 걸어갔다. 파스칼의 회의는 그의 이성으로 하여금 새로운 돌파구를 찾게 해 주었다. 인간이 짊어진 모든 한계는 오직 신과 인간의 신뢰 관계 속에서만 극복될 수 있다는 신앙의 확신을 갖게 해 준 것이다. 이성의 힘으로 진리와 신을 다 알 수는 없다고 해도 신을 향한 신앙의 힘은 진리에 관해 점점 더 많은 것을 알아가도록 인간의 이성을 이끌어 간다는 것이다. 결국 몽테뉴의 회의는 신앙과 이성을 분리시키는 결과를 낳았지만, 파스칼의 회의는 신앙과 이성을 연합시키는 결과를 낳았다.

"인간은 생각하는 갈대다."

– 블레즈 파스칼의 《팡세》 중에서

마르틴 부버의 《나와 너》

마르틴 부버(1878~1965)

친구의 장점을 기꺼이 인정하세요.
친구의 장점을 배우려고 노력해 보세요.
친구의 부족함이 보이더라도
비판하기보다는 도와주려고 노력해 보세요.
"나"의 부족함을 "너"에게서 채울 수 있듯이
"너"의 부족함도 "나"의 장점으로 채워 줄 수 있으니까요.

– 현대인에게 주는 마르틴 부버의 편지

대화의 소통에서 함께 누리는 자유

- 마르틴 부버의《나와 너》

소통을 통해 함께 누리는 자유

마르틴 부버(Martin Buber)는 오스트리아 출신의 유태계 종교철학자다. 1878년 빈(Wien)에서 태어난 그는 빈 대학교, 취리히 대학교, 베를린 대학교에서 철학과 미학을 배웠다. 1904년 빈 대학교에서 〈개체화 문제의 역사적 계보〉라는 논문으로 철학박사 학위를 받았다. 부버의 대표적 저서《나와 너(Ich und Du)》에서 개체의 독립성을 존중하면서도 개체 상호 간의 '관계'를 추구하는 경향은 그의 박사학위 연구주제인 '개체화 문제'와 깊은 연관성이 있다. 1923년 독일의 프랑크푸르트 대학교에 초빙되어 10년 동안 종교철학과 윤리학을 강의했던 부버는 나치의 유태인 박해로 독일을 떠나 여러 나라에서 망명 생활을 했다. 그러나 마침내 1938년 그가 열망하던 조상의 땅 팔레스타인에 정착하는 감격을 누렸다. 같은 해 예루살렘의 히브리 대학교에서 사회학 교수가 되어 미래 세대를 교육하는 일에 힘썼다.

벤 구리온(David Ben Gurion) 등의 지도자들과 함께 '시오니즘

(Zionism)[18] 운동에 참여하기도 했던 부버는 '유대–아랍 연방'의 수립을 위한 평화 운동에 열정을 쏟았다. 수천 년 동안 적대적 관계에 있던 두 민족의 화해와 화합을 이루려고 노력한 것은 그의 철학에 비추어 당연한 길을 걸어간 것이 아닐까? 아랍 민족과의 우호 관계를 추구했다는 이유로 동족인 유태인들에게 비난과 증오를 받기도 했지만, '상호 관계'에 관한 자신의 사상을 일관되게 실천한 그의 용기에 아낌없는 박수를 보내고 싶다.

✖ 《나와 너》의 독일어판 표지

아리스토텔레스가 강조했던 "인간은 사회적 동물"이라는 말의 뜻을 구체적으로 알고 싶다면 꼭 읽어야 할 책이 있다. 마르틴 부버가 썼던 《나와 너》가 바로 그 주인공이다. 독일어로 저술된 이 책은 1923년에 출간된 후 1937년 영어로 처음 번역되어 세계인들에게 알려졌다. "나"와 "너"[19]의 "만남"[20]에서 이루어지는 "관

••••••
18 '시오니즘' 혹은 '시온주의'는 팔레스타인 지역에 유대 민족의 나라를 건설하려는 민족주의 운동이다. '시온산'이라는 이름으로 널리 알려진 '시온'은 1세기의 유대 역사가 요세푸스에 의해 예루살렘의 서쪽 언덕을 가리키는 지명으로 알려져 왔다. 그러나 '시온'은 예루살렘과 이스라엘을 가리키는 상징적 의미를 갖고 있기도 하다. 서기 70년 이래로 조국을 잃게 된 유대 민족은 '시온'이 위치한 고대 이스라엘의 약속된 땅, 즉 팔레스타인에 국가를 세우는 것을 소원해 왔다. 시오니즘은 나단 번바움이 처음 사용한 용어로, 19세기 말부터 시오니즘(이스라엘 회복운동)이 유대인 사이에서 확산되어 건국 운동이 활발하게 전개되었다.
19 "근원어의 하나는 '나–너(Ich-Du)'라는 짝말(Wortpaare)이다."(마르틴 부버, 《나와 너》, p. 5.) "근원어 '나–너'는 온 존재를 기울여서만 말할 수 있다."(마르틴 부버, 《나와 너》, p. 6.)
20 "모든 참된 삶은 만남이다."(마르틴 부버, 《나와 너》, p. 17.) "마주 서 있는 존재는 만남에 의하여 충실해진다."(마르틴 부버, 《나와 너》, p. 20.)

계"[21]가 사회의 시작인 동시에 작은 사회라는 것을 가르쳐 주는 책이다.

마르틴 부버는 한 사람의 자존감과 정체성을 상실하게 되는 원인이 나와 너 사이의 "관계"가 깨진 데 있다고 보았다. 그의 사상에 따르면 나와 너의 대화를 통해 두 사람의 "상호 관계"[22]를 이루는 것은 "나"의 자존감과 정체성을 회복하는 지름길이요, 자아실현에 필요한 필수적 과정이다. 대화를 통해 나의 마음과 너의 마음이 친밀한 소통을 쌓아 나갈 때 진정한 상호 관계와 사회적 관계가 형성된다는 것이다. 이러한 바람직한 관계에 도달하려면 너를 바라보는 나의 시각이 자기중심적 사고에서 벗어나야 한다.

그렇다면 나는 너를 어떤 존재로 바라보아야 할까? 무엇보다도 우선 나는 너를 나의 바깥에 동떨어져 있는 이질적 "대상"으로 보지 않으려는 노력이 필요하다. 나와 너는 서로 공유할 수 있는 공통분모와 접점이 없다고 쉽게 단정하는 태도는 나와 너 사이에 돌이킬 수 없는 장벽을 쌓게 된다. 나와 너를 물과 불처럼 서로 섞일 수 없는 대립적 존재라고 속단하는 태도가 나와 너의 사이를 가로막는 분계선을 긋게 된다. 너를 나보다 못한 존재로 보면서 너를 나의 지배 대상 혹은 소유 대상으로 삼는 것은 더욱 위험한 일이

......

21 "'너'라고 말하는 사람은 '그 무엇'을 가지지 않는다. 아니, 아무것도 가지지 않는다. 그러나 그는 '관계(Beziehung)'에 들어서 있는 것이다."(마르틴 부버, 《나와 너》, p. 8.)
22 "사람은 관계의 의미를 약화시키려고 해서는 안 된다. 관계란 상호적인 것(Gegenseitigkeit)이기 때문이다."(마르틴 부버, 《나와 너》, p. 12.)

다.[23] 관계를 형성할 수는 있어도 그 관계는 슬픔과 증오를 불러일으킨다. 그것은 위르겐 하버마스(Jürgen Habermas)의 말처럼 "종속"의 "식민구조(植民構造)"와 다르지 않다. 언제 무너질지 모르는 모래성 같은 위태로운 관계일 뿐이다.

나는 너를 나와 동등한 독립적 인격체로 인정할 수 있다. 그러나 독립적이라고 해서 이질적이거나 대립적인 것은 아니다. 나와 너는 상대방에게 종속당하지 않으면서도 공통적 속성을 갖고 있다. 그러면서도 상대방에게 존재하지 않는 자기만의 고유한 속성을 갖고 있다. 이것을 인정하지 않는 한, 나와 너의 바람직한 상호 관계는 이루어지기 어렵다. 다시 말해, 나와 너 사이에 있을 수밖에 없는 차이를 인정하는 출발점에서부터 나와 너의 만남과 대화의 문이 열린다. 즉, 나와 너는 환경, 문화, 기질, 성품, 재능, 역할, 꿈(비전) 등이 다르다는 것을 인정하는 배려가 필요하다. 이 "차이"를 존중하는 것이 나와 너의 상호 관계를 가능케 한다.

차이를 상극(相剋)의 조건으로 받아들이기보다는 조화의 꽃을 피울 수 있는 씨앗으로 받아들이는 마음의 여유가 필요하다. 이 마음의 길을 따라 나의 부족한 점이 무엇인지를 발견함으로써 너의 도움을 받아 나의 결핍을 채울 수 있다. 너의 부족한 점은 무엇인지를 조언해 주고, 나의 도움으로 너의 결핍을 보충해 줄 수 있다. 이로써 진

······

23 "사랑은 '나'에 집착해 '너'를 단지 '내용'이라든가 '대상'으로서 소유하는 것이 아니다. 사랑은 '나'와 '너' 사이(zwischen)에 있다."(마르틴 부버, 《나와 너》, p. 21.)

정한 상호 관계가 이루어질 수 있다. 마
르틴 부버의 사상에 따르면, 이 관계는
곧 나와 너의 만남에 의한 진정한 소통
(疏通)의 "관계"라고 할 수 있다.

✖ 독일에서 발행된 마르틴 부버 기념우표

부버가 주장하는 "관계"의 의미

나와 너의 만남과 소통은 물질적인 것만을 주고받는 데 그치지 않
는다. 신앙, 사상, 학문 등의 정신적 가치, 신념, 위로, 격려, 용기, 희
망 등을 주고받는 것도 포함되어 나와 너의 만남은 소통의 마당을
넓혀 간다. 이 만남의 전제조건은 나와 너의 "말"이며 대화다.[24] 때
로는 너의 말에 대한 나의 침묵이 나의 아집과 욕망 속에 너를 속
박하지 않으면서도 너의 인생과 상황을 이해하는 내면적 대화를
가능하게 한다. 너를 지배하거나 소유하려는 나의 욕망을 절제하
면서 너의 마음과 생각에 공감하려는 나의 노력이 "침묵"[25]의 언어

• • • • • •

24 "사람은 허다한 혀(Zunge)로 말한다. 즉, 언어의 혀, 예술의 혀, 행동의 혀가 있다. 그
    러나 정신은 하나다. 정신은 신비로부터 나타나서 신비로부터 말을 걸어오는 '너'에 대한
    응답이다. 정신이란 말이다. (중략) 말이 사람 안에 깃들어 있는 것이 아니라 사람이 말 가
    운데 서 있으며 그 말로부터 말을 하는 것이다."(마르틴 부버,《나와 너》, p. 52.)

25 "응답이 강력하면 할수록 그만큼 강력하게 '너'를 속박하고, '너'를 대상이 되도록 얽
    매고 만다. 오직 '너'에 대한 침묵만이, 모든 언어의 침묵, (중략) 침묵의 기다림만이 '너'를
    자유롭게 해준다."(마르틴 부버,《나와 너》, p. 52.)

속에 담겨 있기 때문이다. 이처럼 자기중심적 사고에서 벗어나서 서로를 배려하고 존중하는 대화의 문화가 나와 너 사이의 진정한 만남을 열어 준다. 서로의 친밀함을 쌓아 가는 "관계 능력"을 향상시키는 것이다. 이 관계 능력은 곧 소통의 능력을 의미한다.

"정신은 '나'의 안에 있는 것이 아니며 '나'와 '너' 사이에 있는 것이다. 사람은 '너'에게 응답할 수 있을 때 정신 안에서 살고 있다. 사람은 그의 존재 전체를 기울여 관계에 들어설 때 '너'에게 응답할 수 있다. 사람은 그의 관계능력에 의하여서만 정신 안에서 살 수 있는 것이다."

마르틴 부버는 나와 너 사이에 서로 말을 걸어 주고 그 말에 "응답하는" 내면적 소통이 끊이지 않을 때에 비로소 나와 너는 인간의 정신 안에서 살 수 있다는 것을 위와 같이 강조했다. 대화를 통해 소통하는 상호작용의 "관계"에서만 진정한 자유를 체험하게 된다는 것이다. 이러한 부버의 사상에 비추어 본다면, 자기중심적인 생각에 갇혀 있는 사람, 즉 "자의(自意)"에 속박되어 너에게 응답하지 못하는 사람은 가장 자유롭지 못한 사람이다. 그와는 반대로 자의의 감옥에서 벗어나서 언제든지 너에게 응답하려는 마음을 열어 놓은 사람은 가장 자유로운 존재다. 일상생활에서 만나는 남자와 여자를 "그"와 "그 여자"로 지칭하지 않고 "너"라는 동등한 인격체로 맞이해 대화의 빛깔과 소통의 향기가 넘치는 "관계"의 꽃길을 걸어가는 사람이여!

"관계" 안에서 살아가는 것이 진정한 인생의 의미임을 주장했던 마르틴 부버! 그는 "나"와 "너"의 관계를 철학의 중요한 문제로 제시해 독창적인 실존주의 사상을 전개했다. 그는 팔레스타인 땅에 정착한 후 '유대-아랍 연방'의 수립을 주장하면서 유대 민족과 아랍 민족 간의 공생을 추구하는 운동을 펼치기도 했다. 이 평화 운동은 대화와 관계에 기반을 둔 그의 철학을 사회적으로, 정치적으로 실천한 모델이 되었다. 철학이 삶을 움직이는 뿌리임을 보여 주

✖ 독일 프랑크푸르트 시에 있는 마르틴 부버 초등학교. 220명 정원의 이 초등학교는 부버의 저서 《나와 너》의 핵심 사상에 기초해서 설립되었다. 사람 간의 소통과 '상호 관계'의 능력을 일깨우는 것을 교육의 목표로 삼고 있다. 마르틴 부버 초등학교는 프랑크푸르트, 도르트문트, 기센, 헤펜하임, 그로스-게라우 등 독일의 여러 도시에서 '관계' 중심의 교육에 헌신하고 있다.

✖ 마르틴 부버 초등학교의 학생들과 부모들. 부모들도 '관계' 교육을 적극적으로 돕고 있다.

는 본보기라고 할 수 있다.

인간 정신의 토대를 나와 너의 소통에 두었던 부버의 인격주의적 '관계 철학'은 제1차 세계대전 후 유럽의 사상계에 큰 영향을 주었다. 미국의 기독교 신학, 철학, 정신의학계에도 적지 않은 영향을 끼쳤다. 그의 명저《나와 너》는 한국의 철학계와 종교계에도 널리 소개되어 지금까지 스테디셀러의 자리를 놓치지 않고 있다. 이 책이 21세기에도 변함없이 독자들의 사랑을 받고 있는 이유는 무엇일까? 기술, 자본, 물질의 가치를 우선시하고 인간을 목적이 아닌 수단으로 이용하는 이 시대의 현실에 대해 사람들이 염증을 느끼기 때문이 아닐까? 인간다운 인간의 모습을 되찾고자 하는 우리의 갈망이 살아 있다는 증거가 아닐까?

서로를 이용하다가 효용가치가 없어지면 배신하는 세상 속에서 우리는 살아가고 있다. 나의 이익을 위해 너에게 상처를 입히거나 상해를 가하는 것이 갈수록 늘어만 가는 인간성 상실의 시대를 우리는 경험하고 있다. 이러한 세상의 현실 속에서 우리가 인간다운 인간으로서 함께 살아가기 위해서는 다양한 노력들이 필요하다. 나의 인생을 돌아보고 반성하려는 노력, 나의 마음의 병(病)을 치유하려는 노력, 나의 인격체를 회복하려는 노력, 너의 인격체를 존중하려는 노력, 너와 더 많은 대화를 가지려는 노력, 너의 인생을 도우려는 노력 등이 필요하다.

나와 너 사이에 이러한 노력들이 그치지 않는다면 부버가 꿈꾸었듯이 두 사람은 친밀하게 소통하는 "상호 관계"를 이루게 될 것이다. 그리고 나아가 우리 사회는 좀 더 건강한 사회로 나아갈 수 있을 것이다. 마르틴 부버의 《나와 너》는 이러한 꿈이 현실이 될 수 있도록 도와주는 친구 같은 책이다.

"사람은 그의 관계능력에 의해서만

정신 안에서 살 수 있다."

– 마르틴 부버의 《나와 너》 중에서

제2장

사회와 역사 분야의
명저 이야기

연암 박지원의《열하일기》

연암 박지원(1737~1805)

우리의 공동체가
오늘보다 나은 내일의 세상을 맞이하려면
우리의 사고방식을 과감히 바꾸고
우리의 생활방식을 꾸준히 개선할 필요가 있습니다.
인류의 역사를 발전시켜 온 힘은
문화를 변혁시키는 리더십이었습니다.

– 현대인에게 주는 박지원의 편지

문화의 벽을 허무는 지식인의 리더십

- 연암 박지원의 《열하일기》

글을 통해 새로운 문화를 조선에 심고자 했던 문화 리더십

박제가,[1] 홍대용[2] 등과 '북학파'의 주역으로 활동했던 실학자 연암(燕巖) 박지원. 그는 중국의 청나라가 한족(漢族)의 전통문화에 안주하지 않고 서구의 근대 문명을 수용함으로써 급속도로 발전해 가고 있다는 사실을 알고 있었다. 연암보다 먼저 청나라에 다녀온 홍대용에게서 그 나라에 들어온 서양의 선진 문물에 관한 정보를 어느 정도는 들었기 때문이다. 조선 정조 4년, 1780년 6월 24일 팔

......

1 1750~1805. 18세기 후반기의 대표적인 조선 실학자. 박제가는 실학자 중에서 청나라를 가장 사랑한 인물이었고, 모두 네 차례 중국을 다녀왔다. 선진적인 청의 문물을 받아들여 상공업을 발전시켜야 한다고 주장했다. 그는 상공업의 발전을 위해 국가는 수레를 쓸 수 있도록 길을 내야 하고, 화폐 사용을 활성화해야 하며, 견고한 선박을 만들어 해외 여러 나라와의 무역에 적극적으로 진출해야 한다는 중상주의적 국가관을 내세웠다. 대표적인 저서로 《북학의》가 있다.

2 1731~1783. 북학파의 대표적 인물 중 한 명. 지전설(地轉說)을 주장하고 우주무한론을 주장해 천문학과 자연과학을 발전시켰다. 또한 중국이 천하의 중심이라는 중화사상을 배척했다. 대표적인 저서로 문답 형식으로 우주와 인간의 문제를 논한 《의산문답》이 있다.

촌 형 박명원이 건륭제의 칠순 잔치를 축하하기 위한 조선 사절단을 이끌고 연경(燕京)으로 떠날 때 연암도 그곳의 문명과 문화를 배우기 위해 사절단과 동행했다. 조선 사람들의 실생활에 도움이 될 만한 기술과 문화 콘텐츠를 수용하려는 연암의 열망은 '연경'으로 가는 길을 재촉했다. 연암의 연경 여행은 문명 탐방과 문화 학습이라는 목적의식이 뚜렷했던 까닭에 그의 짐꾸러미는 간단하고 가벼웠다. 짐의 면면을 연암의 말로 직접 들어보자.

> "(말의) 안장에는 주머니 한 쌍을 달았는데, 왼쪽에는 벼루를 넣고, 오른쪽에는 거울, 붓 두 자루, 먹 한 장, 조그만 공책 네 권, 이정록(里程錄) 한 축을 넣었다. 행장이 이렇듯 단출하니 짐 수색이 아무리 엄한들 근심할 것이 없다."

말의 신세를 지는 짐이라고 해봐야 벼루, 거울, 붓, 먹, 공책뿐이다. 해외여행이 아니라 가까운 서원(書院)에 가는 느낌이다. 연암의 "행장이 단출한" 것은 휴양과 유흥이 아닌 탐방과 학습에 목적을 두었기 때문이다. 새로운 문물과 기술을 '글'이라는 '문화 미디어'를 통해 수용해 조선에 퍼뜨리려는 계획을 "단출한 짐"에서 엿볼 수 있다. 청나라의 지식인들과 필담(筆談)[3]을 통해 문화에 대한 진보적인 생각을 듣고 받아 적어서 조선 문화의 발전에 도움이 될 수

......

3 글을 통해 나누는 대화.

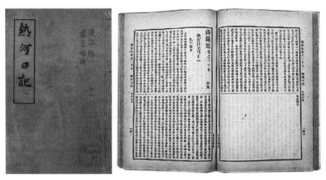

있는 기술과 방법, 내용을 얻고자 했던 것이다. 청나라 땅에 발을
딛기도 전에 연암의 머릿속에는 이미 '조선 문화 발전 프로젝트'의
청사진이 그려지고 있었다고 볼 수 있다.

연암은 청나라 탐방을 통해 문명을 발전시키는 원리를 배웠다.
한 지역이 다른 지역과 문화를 교류하고 소통하는 것이 양 지역의
문화를 함께 발전하게 한다는 사실을 몸으로 확인했다. '문명'이란
무엇이며 '문화'란 어떤 것일까? '문명'이란 인간의 생활을 편리하
게, 윤택하게, 가치 있게 만들기 위한 정신과 기술로 알려져 있다.
문명의 정의에 대해서는 견해의 차이가 크지 않다. 정신의 발전과
기술의 진화가 문명의 발전 속도를 높여 왔다는 사실을 부인할 수
없기 때문이다. 정신과 기술은 문명의 핵심이며 문명의 키워드다.

그러나 우리가 일상생활에서 동의어처럼 사용하고 있는 '문화'
와 '문명'이라는 이름은 떼려야 뗄 수 없는 관계를 이루면서도 서
로 다른 개념이다. 웨일스의 문화학자 레이먼드 윌리엄스(Raymond

williams)는 문화를 "특정 지역에 살고 있는 그 지역 주민들의 전체 생활방식"이라고 정의했다. 또 프랑스의 문화학자 앙리 르페브르(Henri Lefebvre)는 "강한 의미를 만들어 가는 생산방식"이라고 규정했다. 두 학자의 정의를 다음과 같이 종합해 보면 좀 더 구체적인 설득력을 갖지 않을까? 문화란 "한 지역에 거주하는 그 지역 주민들이 정신적 유대감 속에서 가치 있는 의미를 만들어 가는 생활방식"이다.

✖ 문화학자 앙리 르페브르
(1901~1991)

그렇다면 문화는 문명과 다르면서도 동시에 서로 연결되어 있다. 정신과 기술이 퇴보할수록 가치 있는 의미를 만들어 가는 생활방식도 퇴보한다. 즉, 문명의 힘이 약해질수록 문화의 힘도 약해지게 마련이다. 정신과 기술이 발전할수록 가치 있는 의미를 생산하는 생활방식도 발전한다. 다시 말해, 문명의 힘이 강해질수록 문화의 힘도 강해지게 마련이다. 인류의 역사

✖ 문화학자 레이먼드 윌리엄스(1921~1988)

를 바람직한 방향으로 발전시키는 원리는 '문명적 문화'의 진보라고 말할 수 있지 않을까? 정신과 기술의 조화로운 연합을 통해 "최대 다수의 최대 행복"[4]과 같은 인간다운 가치를 만들어 가면서 휴머니즘을 배반하지 않는 윤택과 편리를 다수가 누리는 생활방식, 이것을 '문명적 문화'라고 정의한다면 연암 박지원은 역사를 발전

시키는 추진력이 '문명적 문화'의 힘이라는 사실을 깨달았던 선각자였다. 미래학자 앨빈 토플러(Alvin Toffler)의 개념을 빌려 표현하자면 "제1의 물결"의 사회를 벗어나지 못하는 조선의 봉건사회를 "제2의 물결"의 근대 사회로 거듭나게 할 수 있는 가능성은 문명적 문화의 힘에 달려 있음을 믿었던 진보적 지식인, 그가 바로 연암 박지원이다. 인간다운 삶의 의미를 만들어 가는 생활방식을 조선의 국민에게 알려 주기 위해 연암은 청나라에 들어온 서양의 선진 문물을 적극적으로 배우고 우리의 실생활에 적용하는 데 힘썼다.

이용후생의 정신이 담겨 있는 《열하일기》

박지원은 요동(遼東), 열하(熱河), 북경(北京)[5] 등을 두루 거치면서 조선 백성의 '이용후생(利用厚生)'[6]에 도움이 될 만한 청나라의 실생활과 기술을 눈여겨보았다. 벽돌, 집, 수레, 뚫린 길, 교량, 가게 등 조선인의 실생활에 유익을 줄 수 있는 지식과 사물을 하나라도 더 배워서 민생의 불편과 고통을 조금이라도 덜어 주려는 능동적 의지

......

4 영국의 철학자이자 경제학자 벤담(J. Bentham, 1748~1832)의 '공리주의'를 대변하는 명언이다.

5 춘추 전국 시대 연(燕)나라의 수도였던 '연경(燕京)'이라는 지명은 명나라 시대부터 '北京'으로 바뀌었다. 그러나 청나라 왕조는 '북경'이라는 이름을 폐지하고 옛 명칭인 '연경'을 복원했다. 《열하일기》에 기록된 '연경'은 지금의 '베이징(北京)'과 같은 곳이다.

6 백성의 일상적인 생활에 이롭게 쓰이고, 삶을 풍요롭게 하는 것이 실천적인 학문의 내용이라는 의미. 18세기 후반에 홍대용(洪大容), 박지원(朴趾源), 박제가(朴齊家) 등 북학파 실학자들이 주장한 이념.

를 보여 주었다. "수레 제도"에 관한 연암의 생각을 살펴보자.

"사람이 타는 수레는 태평차(太平車)라 한다. 바퀴 높이가 팔꿈치
에 닿으며, 바퀴마다 살이 서른 개씩인데 대추나무로 둥글게 테를
메우고 쇳조각과 쇠못을 온 바퀴에 입혔다. 그 위에는 둥근 방을
만들어 세 사람이 들어앉을 만하다. (중략) 좌우에는 유리를 붙여
서 창문을 내고, 앞에는 널판을 가로놓아서 마부가 앉게 되었으며,
뒤에는 타인이 앉게 되어 있다. (중략) 짐을 싣는 것은 대차(大車)
라 한다. 바퀴는 태평차보다 조금 낮은 듯하며 바퀴살은 입(卄)자
모양으로 되었고, 싣는 양은 8백 근으로 정하여 말 두 필을 채우는
데, 8백 근이 넘을 경우에는 짐을 헤아려서 말을 늘린다. 짐 위에
는 삿자리로 방을 꾸미는데, 마치 배 안 같이 하여 그 속에서 눕고
자게 되어 있다."

인력거(人力車)와 비슷한 "사람이 타는 수레"인 "태평차"와 짐만
싣고 가는 수레인 "대차"에 대해서 자세히 소개하고 있다. 이어지
는 이야기에서 연암은 "떡, 엿, 과일, 오이" 등 가벼운 짐을 싣고 가
는 바퀴 한 개짜리 "독륜차(獨輪車)"의 생김새와 기능에 대해서도
상세하게 설명하고 있다. 이 수레들이 중국인의 생활을 편리하게,
중국의 상품을 활발하게 유통시킨다는 확신을 얻었던 것이다. 바
퀴 간의 굴대 간격을 일정하게 만들어서 여러 수레가 지나가도 수
레바퀴 자국이 홈통 모양으로 단일하게 형성되어 하나의 홈통형

수레바퀴 자국을 따라 수레들의 운행이 원활해지는 것을 볼 수 있었다. 청나라의 수레와는 다르게 조선의 수레는 수레마다 바퀴를 연결하는 굴대 간격이 일정하지 않아서 바퀴간의 간격도 달랐다. 수레들이 다니는 길에는 간격이 일정하지 않은 바퀴 홈들이 어지럽게 널려 있었다. 수레마다 일정한 바퀴 홈의 노선을 이용하지 못하고 불규칙적인 바퀴 홈에 한 쪽 바퀴만 걸려서 운행 속도가 느려지고 많지 않은 수레끼리 교통 체증을 일으키기도 했다. 더욱이 조선에는 수레도 적을 뿐만 아니라 수렛길도 많지 않아 물품의 조달과 유통에 심한 장애를 겪었다. 조선 사람들은 상품을 구입하는 것도 쉽지 않지만 다행히 구입한다고 해도 비싼 운송비가 추가되어 천정부지로 치솟은 가격의 상품을 구매할 수밖에 없었다. 기존의 "수레 제도"로는 서민의 생활이 갈수록 가난해질 뿐이었다.

"수레의 제도는 무엇보다도 궤도를 똑같이 하여야 한다. 이른바 궤도를 똑같이 한다는 것은 두 바퀴 사이의 일정한 본을 어기지 않는 것을 말한다. 그렇게 하면 수레가 몇만 대일지라도 그 바퀴 자리는 통일될 것이다."

"사방이 겨우 몇 천리밖에 되지 않는 나라에서 국민의 살림살이가 이처럼 가난한 것은 한마디로 표현하자면 국내에 수레가 다니지 못한 까닭이라 하겠다."

서민의 경제적 부담을 덜어 주고 생활의 불편을 해소하기 위해서라도 연암은 조선의 수레 제도를 개혁해야 한다는 신념을 위와 같이 펼친다. 수레에 관한 연암의 실학적(實學的) 청사진은 그의 '문화 리더십'이 얼마나 출중한가를 여실히 보여 준다. 연암은 자신의 뜻을 실현하기 위해 타국에서 처음 만나는 낯선 사람들에게서 스스럼없이 책을 빌려 보고 책의 내용을 필사하는 등, 선진 문물을 수용해 전수하는 일에 온 힘을 기울였다.

　《열하일기(熱河日記)》는 근대 문명을 향해 조선의 눈을 개안(開眼)하게 하려는 소명의 씨앗에서 자라난 또 하나의 문화적 결실이었다. 연암은 중국말과 조선말이 다르기 때문에 문물을 수용함에 있어서 의사소통에 지장이 많을 것이라는 고정관념을 깨고 '글'을 통해 얼마든지 문명에 대한 대화를 나눌 수 있다는 긍정적 패러다임을 갖고 있었다. 《열하일기》 중 성경(盛京)[7]에서의 문명 체험담을 기록한 〈성경잡지(盛京雜識)〉편에 등장하는 '필담(筆談)'이 바로 그것이다. '글'을 문화적 대화의 창구로 삼을 수 있다는 연암의 자신감을 읽을 수 있다. '글'을 통한 대화는 청나라 학자들과 막힘없는 소통을 가능케 했고, 선진 문명의 다양한 문화 콘텐츠를 조선이 수용해 유통할 수 있는 길을 열어 주었다.

　연암의 소망은 조선 국민의 이용후생(利用厚生)이었다. 선진 문물

----

7 '성경'은 지금의 선양(瀋陽)이다. 청나라의 전신인 '후금(後金)'이 나라를 일으킬 때 근거지로 삼은 곳이다.

을 이롭게 사용함으로써 조선인의 생활을 좀 더 윤택한 것으로 바꾸기 위해 진보적 지식을 아낌없이 선용했던 실학자 박지원. 그의 확신과 노력이 아름답게 어우러져 조선의 '근대화'라는 비전을 낳았다. 그의 문명적 혜안과 문화적 선견지명은 현실인식과 역사의식 간의 조화로운 균형을 잃지 않았던 지성의 힘에서 우러나왔다. 그러나 정조의 갑작스런 죽음, 4대 60년에 걸친 보수적 세도정치, 구한말의 쇄국정책 등이 이어지면서 연암이 조선 땅에 열어 놓은 근대적 문물의 유통 출구는 철저히 폐쇄되고 말았다.

이것이 망국의 결정적 원인이 된 것은 참으로 안타까운 일이 아닐 수 없다. 연암이 조선에 근대화의 자원들을 중개해 주고 세계사의 흐름에 뒤지지 않는 선진문명의 대열에 합류할 수 있는 절호의 기회를 제공했던 까닭에 그 안타까움은 더욱 크게 느껴진다. 지식을 '문화 미디어'로 삼아 민생의 안정, 조선의 번영, 나라 간의 상생을 추구했던 '문명적 문화'의 리더십만큼은 연암에게서 물려받아야 할 소중하고 값진 유산이다.

"사방이 겨우 몇천 리밖에 되지 않는 나라에서

국민의 살림살이가 이처럼 가난한 것은

한마디로 표현하자면

국내에 수레가 다니지 못한 까닭이라 하겠다."

– 박지원의 《열하일기》 중에서

토머스 모어의 《유토피아》

토머스 모어(1478~1535)

인간보다 더 중요한 목적은 없습니다.
부(富)와 물질은 인간을 위한 수단일 뿐입니다.
나눔 속에서 피어나는 기쁨의 꽃보다
더 아름다운 꽃은 없을 거예요.
그 꽃은 인간을 향해 피어 있습니다.

- 현대인에게 주는 토머스 모어의 편지

그 어디에도 없지만 그러나
꿈꾸어야 할 세상
– 토머스 모어의 《유토피아》

통섭의 정수 《유토피아》

영국 대법관이자 캔터베리 대주교였고, 에라스뮈스와 함께 유럽을 대표하는 인문주의자로 명망이 높았던 토머스 모어(Thomas More). 그의 저서 《유토피아(Utopia)》는 문학, 정치학, 사회학, 철학, 법학, 신학의 성격이 조화를 이루고 있는 불후의 명작이다. 모어는 이 책의 가장 중요한 작중인물로 "라파엘 히슬로다에우스"를 등장시킨다. 그는 이 책에서 자신을 직접 작중인물로 등장시켜 라파엘과 대화를 나누는 대담 형식의 스토리를 전개하고 있다. '유토피아'라는 미지의 나라를 체험한 라파엘에게서 그 나라가 이상향이 될 수밖에 없는 특징들을 경청하면서 때로는 동의하고, 때로는 반론을 제기하는 문학적 디베이트[8] 형식의 서술 단계를 밟아 나간다.

......

8   공론식 토의법을 말한다. 한 주제에 대해 우선 갑과 을이 단상에서 대립적 의견을 서로 개진하고 이에 대해 청중이 질문이나 추가 토의를 하는 형식이다.

가상의 섬나라인 '유토피아'와 가공의 인물인 라파엘을 등장시
켰다는 점에서는 모어의 《유토피아》를 문학의 고전으로 규정할 수
도 있다. 그러나 16세기 초반의 영국 정치와 영국 사회를 날카롭게
비판한다는 점에서는 정치비평과 사회비평의 성격이 강하다. 이
책은 자연, 정신, 인간성, 공공의 윤리, 종교 등이 어떻게 상호작용
하는지를 설명하면서 인생의 "궁극적인 목적"과 "참다운 쾌락"을
성찰한다는 점에서는 철학
과 사회윤리학의 면모를 나
타낸다. "사유 재산 제도"를
거부하고 공유 재산 제도의
필요성을 호소한다는 점에
서는 사회학의 특징을 여실
히 보여 준다. 계층 간의 불
평등과 사회적 불균형을 완
화하기 위해 합리적 법률의
제정과 공정한 시행이 필요
하다는 것을 강조했다는 점
에서는 법학의 측면을 엿볼
수 있다. 종교를 선택하는
자유와 종교의 다양성을 인
정하는 등, 종교에 관한 관
용을 보여 주면서도 《성경》

✖ 작중인물인 라파엘 히슬로다에우스가 토머스 모어
에게 섬나라 '유토피아'를 손짓하며 설명하고 있다. 모
어의 저서 《유토피아》에 삽입된 그림이다.

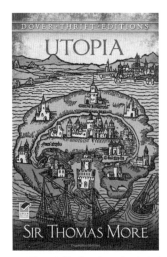

✖ 《유토피아》 영문판 표지. 가상의
섬 '유토피아'의 상상도가 표지를 장
식하고 있다.

에 바탕을 둔 그리스도교의 신앙생활을
진정한 종교의 모델로 부각시켰다는 점
에서는 신학의 성격이 선명히 드러난다.

이와 같이 '인문학'이라는 범주 안에
서 어느 한 분야에만 귀속시킬 수 없는
천재적 통섭의 고전이 바로《유토피아》
다. 인문학의 다양한 분야들이 토머스
모어의《유토피아》안에서 정신적 상호
관계의 네트워크를 형성했다고 말할 수
있다.

현대 사회의 민주주의 체제는 언론,
출판, 집회, 결사의 자유를 헌법에 명시
하고 있다. 그만큼 개인의 인권과 생명을 존중하면서도 사상, 표
현, 종교 등의 자유를 보장하고 있는 것이다. 이것은 18세기 계몽
주의자들이 꿈꾸어 왔던 사회의 모습이다. 계몽주의자들의 시각으
로 바라본 중세의 봉건사회를 '디스토피아'라고 한다면 현대의 민
주주의 사회는 '유토피아'에 가까운 모습이라고 할 수 있다. 그런
데 계몽주의자들에게 이러한 민주주의 사회와 비슷한 사회의 모습
을 소망할 수 있도록 이상을 안겨 준 책이 바로 토머스 모어의《유
토피아》다.

그가 보여 준 '유토피아'의 형상과 '유토피아' 사상은 서구 문명
의 발전 과정에서 특히 정치의 발전에 큰 영향을 주었다. '그 어디

에도 없는 곳'이라는 뜻을 가진 '유토피아'이지만, 이 책을 읽다 보면 도리어 '어딘가에 있을 법한 곳'이라고 느껴질 만큼 제도와 사회상에 대한 묘사가 매우 구체적이다. 20세기 이후의 민주주의 사회를 16세기 초로 옮겨 놓은 듯한 착각이 들 정도다.

모어가 직접 언급하지는 않았지만 인간의 이성(理性)은 계속 발전하고 있으며, 이에 비례해 정치와 사회도 발전할 것이라는 확신을 그의 작품《유토피아》에서 읽을 수 있다. 이성의 힘에 의해 역사와 문명이 발전할 것을 전혀 의심하지 않았던 계몽주의자들의 진보사관(進步史觀)이 모어의《유토피아》에서 적지 않은 영향을 받은 것이 느껴진다.

정신적 쾌락이 실현되는 이상적 사회

1789년 '대혁명'을 통해 전제군주제를 무너뜨리고 공화주의 시대를 열었던 프랑스의 시민을 기억해 보자. 그들은 볼테르(Voltaire)와 루소(Rousseau) 등 프랑스의 계몽사상가들에게서 받아들인 '자유' 정신으로 무장된 사람들이었다. 역사를 발전시키는 원동력은 인간의 이성임을 의심하지 않았던 계몽사상가들에게 '유토피아'를 향한 발전의 확신을 안겨 준 책은 바로 토머스 모어의 명저《유토피아》가 아니겠는가? 특히 이 책에서 라파엘의 입을 빌려 소개하는 "재화의 평등한 배분", "사유재산제의 완전한 폐지", "재화의 공정한 분배" 등은 약 300년 후 카를 마르크스(Karl Marx)와 프리드리히 엥겔스(F. Engels)의 '사회주의 사상'을 꽃피우는 씨앗이 되었다고 해도 지나친 말은 아니다. 모어에게 들려주는 라파엘의 말을 경청해 보자.

"그렇지만 사실은요, 모어 님, 내가 실제로 생각하고 있는 것을 말하자면, 사유재산이 있는 곳, 그리고 돈으로 모든 것이 평가되는 곳에서는 나라가 정의롭고 번성하기란 도저히 불가능한 일입니다. (중략) 가장 좋은 것은 모두 가장 못된 시민들의 수중에 있는 곳에 정의가 존재할 수 있다고 생각하거나, 또는 생활에 도움이 되는 좋은 것들을 극소수의 사람들이 나누어 가지고 있는 곳, 그런데 그들 소수들조차도 늘 불안한 곳, 그리고 나머지 사람들은 극도로 비참한 처지에 있는 곳 (중략) 그렇기 때문에 나는 몇 안 되는 법률로 그토록 훌륭하게 통치되는 유토피아인들의 아주 현명하고 경탄할 만한 제도들을 곰곰이 생각하게 되는 겁니다. 그들 사이에서는 덕 있는 사람이 보상을 받으면서도, 모든 것을 평등하게 나누어 가지며 누구나 다 풍족하게 살지요. (중략) 나는 더욱더 플라톤의 생각에 동감하게 되고, 따라서 모든 재화가 모든 사람에게 평등하게 나누어지도록 하는 그런 법률을 반대하는 사람들을 위해서 그가 법률을 만들어주려고 하지 않았던 것도 이상할 게 없습니다.
누구도 어깨를 나란히 할 수 없는 이 현인(플라톤)은 공공복지에 이르는 유일한 길은 재화의 평등한 배분에 있다는 것을 쉽게 알아차렸어요. 각 개인들이 재산을 소유하고 있는 곳에서 이런 평등이 이루어질 수 있을 것 같지는 않습니다. 아무리 풍부한 재화가 있다 하더라도, 모든 개개인이 무슨 구실이든 내세워 될 수 있는 대로 많은 것을 자기쪽으로 끌어모으려 할 때는 몇 명 안 되는 사람들이 모든 것을 나누어 가지게 되고, 나머지 사람들은 가난을 면치 못하게 됩니다. (중략) 이래서 나는 사유재산제가 완전히 폐지되지 않는 한 재화의 공정한 분배는 이루어질 수 없고, 사람들의 생업 또한 행복하게 이루어질 수 없다고 확신합니다. 사유재산제가 존속하는 한, 인류 가운데 절대다수를 차지하는 가장 선량한 사람들이 빈곤과 극심이라는 피할 수 없는 무겁고 괴로운 짐에 의해서 억압받게 될 것입니다."

《유토피아》에 등장하는 가장 중요한 작중인물이자 주요 화자인 라파엘은 "사유재산제"를 폐지해야 할 이유를 구체적으로 설명하고 있다. 이 제도가 "재화의 공정한 분배"를 막고 사람들 사이의 평등을 무너뜨려서 "절대다수"에게 "빈곤"의 악순환을 가져온다는 것이다. 이것은 사회주의 이론을 만들었던 카를 마르크스와 프리드리히 엥겔스의 생각과 다르지 않다. 라파엘은 "유토피아인"들이 신분의 차등 없이 "모든 것을 평등하게" 공유하면서 공동체의 합의에 의해 재화를 사용하는 타당한 필요성을 인정받아 "풍족한 삶"을 누리고 있다고 말한다. 라파엘의 대화 파트너로서 등장한 토머스 모어는 파트너의 입을 통해 자신이 꿈꾼 '공유재산제'의 비전을 보여 준다.

✖ 카를 마르크스(Karl Marx) (1818~1883)

1867년 카를 마르크스는 《자본론》의 서문에 "현재의 사회는 결코 고정적인 결정체가 아니라, 변화될 수 있고 또 끊임없는 변화 과정에 있는 유기체"라고 기록했다. 많은 문제점을 안고 있는 현재의 사회를 발전적으로 변화시키는 것이 유기체의 변화라는 자연법칙을 따르는 가장 이성적 행위라고 믿었던 또 다른 선각자가 있었다. 그는 카를 마르크스의 300년 선배인 토머스 모어다. '생산도구'를 공동으로 소유한 인민이 그 '생산도구'에 의해 생산한 재화마저도 공평하게 나눠 가짐으로써 계급의 대립과 차등이 없는 평등한 사회를 건설하는 것이 사회주의 이론의 핵심임을 돌아본다면 유토피아인들의 '공유재산제'는 마르크스와 엥겔스가 꿈꾸었던 이상적 사회의 모습과 너무나 닮아 있다.

토머스 모어의 혁신적 가치관이 유토피아인들의 생활방식으로 재현되고 있음을 이 책의 곳곳에서 발견하게 된다. 인간은 그 어떤 목적을 위한 도구나 수단으로 이용될 수 없으며 '인간'이라는 존재 그 자체로서 지고한 목적이 된다는 것을 읽을 수 있다. 유토피아인들은 목적적 존재인 것이다. 그들의 자유와 행복은 그들이 추구해야 할 인생의 처음이자 마지막 목표이기도 하다. 이 자유와 행복의 질을 높이기 위해 유토피아인들은 배움을 통해 지성을 성실하게 쌓아 간다. 그들은 "궁극적인 목적으로서 쾌락과 행복"을 추구한 다. 그러므로 "그릇된 쾌락"을 경계한다.

"도박놀음", "짐승사냥과 매사냥" 등의 동물 사냥, 남을 위해서 는 한 푼도 쓰지 않고 "돈을 모으고 쌓아놓기"에만 집착하는 것, "보물이나 보석에 흠뻑 빠져" 있는 것, "소유지를 자랑으로 삼고" 땅을 소유하는 일에만 만족하는 것, "귀족 출신이라는 점을 미치도 록 좋아하면서 잘난 체하고" 신분 행세에만 만족하는 것, 남의 존 경을 받기를 갈망하면서 "실속 없는 단순한 의례적인 명예"에 집 착하는 것, "좋은 옷을 입었다고 해서 자신을 더 훌륭한 사람이라 고 생각하며" 화려한 의복으로 남에게서 경의를 받으려는 행위들 은 유토피아인들이 혐오하는 "거짓 쾌락"이다. 그들이 누리고 싶어 하는 "참다운 쾌락"은 "정신적 쾌락"이다. 이 정신적 쾌락의 의미 를 라파엘은 다음과 같이 말한다.

"정신적 쾌락이란 지식과 진리를 탐구하는 즐거움, 올바르게 살아 온 삶을 회상하는 만족감, 그리고 미래의 행복에 대한 확실한 희망 등입니다."

"그들(유토피아인들)은 여러 가지 쾌락 중에서 정신적 쾌락을 주로 추구하며 이를 가장 높이 평가합니다. 으뜸가는 정신적 쾌락은 덕의 실천과 올바른 삶에 대한 의식에서 우러난다고 생각합니다."

유토피아인들의 마음이 하모니를 이룰 수 있었던 비결은 무엇일까? 물질을 소유하는 일보다는 "정신적 쾌락"을 누리는 일이 훨씬 더 중요하다고 생각했기 때문이 아닐까? 부와 재화가 소수에 집중되는 것을 지양하고 부를 사이좋게 나누는 건강한 문화를 창조할 수 있는 에너지는 "정신적 쾌락"이었다. 더 많은 물질을 소유하려는 욕심, 더 강한 권력을 키우려는 욕심, 더 높은 명예를 쌓으려는 욕심을 절제하는 그들의 정신이 아름답다. 정신의 힘을 바탕으로 아름다운 공동체를 가꾸어 가는 인간다운 인간의 "덕(德)"을 만나 보자.

"그들은 음식을 나누어 줄 때, 특별한 표시를 해놓은 자리에 앉은 최연장자들에게 우선적으로 제일 많이 주고, 다음에 나머지를 다른 사람들에게 똑같이 나누어 줍니다. 그러나 특별히 맛있는 음식이 골고루 돌아가기에 부족한 경우, 연장자는 옆의 나이 어린 사람에게 적당히 나누어 줍니다. 따라서 연장자를 충분히 공경하면서도 결과적으로는 누구나 똑같이 먹게 되는 것입니다."

유토피아인들은 공동 식사의 장소에서 "최연장자"에게 상석(上席)을 배정한다. 젊은이들은 자연스럽게 그의 훈계와 교훈을 들으며 어른에 대한 예절과 존경심을 배운다. 연장자는 어버이의 마음

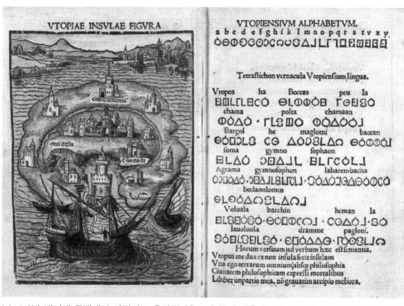

✕ 1516년 벨기에 루뱅에서 라틴어로 출간된 《유토피아》의 내용 중 일부. 토머스 모어가 라틴어로 이 책을 집필했던 이유는 라틴어에 정통했던 그리스도교의 지도자들에게 사회개혁의 비전과 소명을 심어 주기 위한 것으로 보인다.

으로 "나이 어린 사람"들에게 골고루 음식을 나누어 주고, 그들 중 단 한 사람도 소외감을 느끼지 않도록 자애(慈愛)를 베푼다. 음식 속에 담은 사랑을 젊은이들과 함께 나누며 그들의 자존감을 높여 준다. 일상의 생활공간이 젊은이들의 학교가 되고, 일상의 대화가 그들의 교육 내용이 된다.

이러한 교육환경 속에서 자라난 '유토피아'의 젊은이들은 어른 에 대한 예절과 공경뿐만 아니라 조화로운 인간관계의 소중함마저 도 자연스럽게 터득한다. 나눔, 배려, 예의, 공경의 일상생활을 통

해 인간다운 인간의 미덕을 기르는 인생의 길을 한국의 젊은이들
도 함께 걸어가 보자.

"유토피아인들은 여러 가지 쾌락 중에서
정신적 쾌락을 주로 추구하며 이를 가장 높이 평가합니다.
으뜸가는 정신적 쾌락은
덕의 실천과 올바른 삶에 대한 의식에서
우러난다고 생각합니다."

– 토머스 모어의《유토피아》중에서

세 번째 이야기

에드워드 카의《역사란 무엇인가?》와
아널드 토인비의《역사의 연구》

에드워드 카(1892~1982)와 아널드 토인비(1889~1975)

과거에 집착하지 마세요.
다만, '과거'라는 거울에 '현재'를 비추어 보세요.
'과거'보다 중요한 것은 여러분의 '현재'입니다.
'현재'라는 식탁은 여러분을 위해 존재합니다.
역사가들이 정성을 다해 요리한
'교훈'이라는 훈제 생선을 마음껏 드십시오.
현재보다 나은 미래를 창조하기 위해서는
이 훈제 생선이 주는 에너지가 필요합니다.

– 현대인에게 주는 에드워드 카의 편지

역사는 창조의 스승

– 에드워드 카의《역사란 무엇인가?》와
  아널드 토인비의《역사의 연구》

역사란 현재와 과거 사이의 끊임없는 대화다

영국의 역사학자 에드워드 카(Edward Carr)는 케임브리지 대학교의
트리니티 칼리지를 졸업했다. 1936년 웨일스 대학교의 교수가 되
어 10여 년간 '국제정치학'을 강의했다. 제2차 세계대전이 진행 중
이던 1939년부터 2년 동안 영국 정보부의 외교부장으로 일하면서
유럽의 난국을 극복하는 데 열정을 쏟았다. 1941년부터 1945년
까지는 〈런던 타임스〉의 부주필로서 논설 활동에 힘을 기울이기도
했다. 역사에 대한 폭넓은 지식을 바탕으로 그가 펼치는 정치평론
은 대중의 주목을 받았다. 1948년 '국제연합'의 '세계인권선언' 기
초위원회 위원장을 맡을 정도로 그의 학문적 역량과 정치적 실무
능력은 대외의 공인을 받았다. 1953년 옥스퍼드 대학교에서 정치
학을 강의했고, 1955년 모교인 케임브리지 대학교의 트리니티 칼
리지로 돌아가서 역사학을 강의하는 등, 인재를 길러내는 일에도
소홀하지 않았다.

국제정치학에 바탕을 둔 그의 역사학 연구와 왕성한 저술 활동은 학자의 역할과 문필가의 소명을 조화롭게 통합시킨 모델이다. 그는 국제 사회에서 작용하는 '힘'의 논리와 정치적 역학 관계를 배제하지 않는 현실인식을 보여주었다. 이 현실인식을 바탕으로 점진적 진보의 길을 걸어가는 것이 '역사'임을 믿었다. 그러므로 카의 역사관(歷史觀)은 현실주의와 이상주의, 실용주의와 역사주의 간의 통섭을 지향했다고 볼 수 있다. 후대의 역사학자들이 그

✖ 《역사란 무엇인가?》의 영문판 표지

에게서 받은 영향 중 빼놓을 수 없는 것은 바로 이러한 통섭의 역사관이다.

카의 대표적 저서 《역사란 무엇인가?(What is History?)》는 케임브리지 대학교에서 연속으로 강의했던 내용들을 엮어서 재구성한 책이다. 이 책은 그의 역사의식을 비교적 알기 쉽게 설명하고 있다. 이 책에 기록된 수많은 문장 중에서 세계인의 기억 속에 선명히 새겨진 명언이 있다. "역사란 현재와 과거 사이의 끊임없는 대화"라는 것이다. 카의 이 명언은 "인류의 역사란 도전과 응전의 기록"이라는 아널드 토인비의 말과 함께 '역사'에 관한 가장 유명한 정의로 알려져 있다.

"현재와 과거 사이의 끊임없는 대화"가 역사라니? 무슨 뜻일까? 카의 말에 따르면, 그것은 "역사가와 사실 사이의 부단한 상호작

용"이다. 이 "상호작용"의 과정이란 어떤 것일까? 역사가는 역사를 서술할 때 역사적 가치를 갖는 과거의 사건과 사실을 자신의 기준에 따라 선택한다. 각 사건과 사실에 객관적으로 정당한 역사적 가치를 부여하는 것도 역사가의 판단에 달려 있다. 그러나 과거의 사실을 해석하고 평가하는 역사가의 가치 기준에는 그가 살고 있는 시대와 사회의 가치관이 반영될 수밖에 없다. 역사가는 자신이 위치하고 있는 현재 시대와 현재 사회의 가치관을 통해 과거의 사실을 해석하고 그것의 가치를 평가할 수밖에 없다.

그러므로 "역사란 현재와 과거 사이의 끊임없는 대화"라는 카의 말은 "역사란 현재 사회와 과거 사회 간의 끊임없는 대화"라는 뜻을 갖는다. 이와 같이 '역사'란 역사가의 개인적 주관에 의해서만 해석되고 평가되는 것이 아니라 역사가가 살고 있는 현재 시대와 현재 사회의 가치관에 의해 해석되고 평가된다. 그런 '역사'만이 객관성을 가질 수 있다고 그는 믿었다.

카는 서구 사회를 근대 사회로 바꿔 놓은 역사적 사건을 18세기 말의 "프랑스 대혁명"과 "산업혁명"으로 보았다. 프랑스 대혁명은 서구의 정치체제를 전제군주제에서 공화주의 체제로 바꾸는 결정적 계기가 되었고, 영국에서 시작된 산업혁명은 생산기술의 혁신을 통해 가내공업 단계의 소규모 생산 시스템을 공장공업 단계의 대량 생산 시스템으로 바꾸었기 때문이다. 이 두 가지 역사적 사건이 서구 사회를 근대 사회로 발전시킨 결정적 계기가 되었다는 카의 견해는 타당성이 있다.

또한 그가 "20세기 최대의 사건"으로 꼽은 사건은 1917년 러시아에서 일어난 "볼셰비키 혁명"이었다.[9] 이 혁명으로 인해 역사상 최초로 사회주의 정부가 수립되어 소련 및 동유럽의 사회주의 국가들과 미국 및 서유럽의 자본주의 국가들이 대립하는 가운데 20세기의 역사가 진행되어 왔기 때문이다.

위의 세 가지 사건을 바라보는 카의 시각에서 드러나듯이 그는 역사를 "끊임없이 움직이며 진보하는 과정"으로 보았다. 이러한 측면에서 본다면 카의 역사관은 대부분의 서구 역사학자들처럼 '계몽주의'[10] 진보사관(進步史觀)의 맥을 이어가고 있다. 그러나 카의 진보사관은 계몽사상가들의 진보사관을 계승하면서도 차별성을 갖고 있다.

계몽사상가들이 지향하는 역사 발전의 최종 목표는 '인간의 완성' 혹은 '유토피아'였다. 그들의 역사관에 따르면 역사는 유토피아를 향해 직선적으로 발전하기만 할 뿐이고, 역사의 퇴보는 있을 수 없다. 그러나 카는 계몽사상가들처럼 역사 발전의 최종 지점을 정해 두지는 않았다. 역사를 특정한 목표에 종속시키지도 않았다. 그는 역사의 발전과 진보에 대해서는 확신을 가졌지만 시작과 끝을

••••••

9 카는 볼셰비키 혁명과 그 이후의 소비에트 러시아의 역사에 관한 다수의 저서를 남겼다. 《서구세계에서의 소비에트의 충격》(1947), 《볼셰비키 혁명》(1950~1953), 《소비에트 러시아 史》(1950) 등이 대표적이다.

10 18세기 후반에 유럽 전역에 걸쳐 일어난 현존 질서를 타파하고 사회를 개혁하는 데 목적을 두었던 시대적 사조. 계몽주의에 있어서 최대의 정치적 사건은 프랑스 혁명이라고 할 수 있다.

정해 두지 않는 역사의 개방성을 더욱 신뢰했다. 계몽사상가들처럼 단선적(單線的), 직선적, 일방적으로 질주하는 역사의 진보를 믿은 것이 아니었다. 정체, 퇴보, 반복, 순환 과정을 거치면서도 전체적으로는 이전의 단계보다 더 나은 단계로 발전해 가는 역사의 점진적 진보 과정을 믿었던 것이다.

"역사가는 과거를 사랑하는 것도 아니고, 또한 자기를 과거로부터 해방시키는 것도 아니며, 다만 현재를 이해하는 열쇠로서 과거를 정복하고 이해하는 것이다."

이것은 카의 역사관을 선명하게 보여 주는 고백이다. 역사가는 "과거"의 "사실"에만 의미를 부여하는 존재가 아니다. 과거의 사실을 기록하는 것에 집착하는 존재도 아니다. 그렇다고 해서 과거로부터 완전히 벗어나 있는 존재도 아니다. 역사가는 자신의 가치 기준에 의해 과거의 사실을 해석하고 평가하는 존재다. 그러나 역사가는 "현재"의 시대와 현재의 사회를 살아가는 현재의 인간인 까닭에 과거의 사실을 해석하는 데 있어서 자신의 주관적 가치 기준만을 내세울 수는 없다. 주관적 가치 기준만으로 역사를 서술하면 과거의 역사적 사실은 객관성을 잃게 된다. 그 역사가에 의해 조명되는 역사는 진실을 가질 수 없게 된다. 그러므로 역사가는 현재의 입장에서 과거의 사실을 해석하고 평가하되, 스스로 충분히 인정할 수 있는 현재 사회의 공동체적 가치관을 통해 과거의 사실을 해석하고 평가해야 한다.

이때 과거를 해석하고 평가하는 과정 속에서 현재 사회를 보다 나은 사회로 변화시키는 데 필요한 교훈을 찾아내고, 배워야 한다. 이 소중한 교훈을 찾아내는 과정을 카는 생선의 조리 과정에 비유했다.

"생선을 생선 가게에서 살 수 있는 것처럼 역사가들은 문서나 비문(碑文) 속에서 사실을 얻을 수 있다. 역사가는 사실을 얻어 집에 가지고 가서 조리하여 자기가 좋아하는 방식으로 식탁에 내놓는 것이다."

카의 표현대로 과거의 사실을 "생선"에 비유해 보면, 이 생선을 현재 사회의 가치관에 의해 객관적으로 해석하고 평가하는 "조리" 과정이 필요하다. "역사가"는 사실을 조리하는 요리사다. 그렇다면 해석과 평가라는 조리 과정을 통해 제공할 수 있는 음식은 무엇일까? 현재 사회를 제대로 이해할 수 있고 현재보다 나은 미래 사회를 열 수 있는 '교훈'이라는 훈제 생선이 아닐까? 이 훈제 생선을 현재 시대의 "식탁에 내놓는 것"이 역사가의 임무가 아닐까? "역사란 역사가와 사실 사이의 부단한 상호작용의 과정이며, 현재와 과거 사이의 끊임없는 대화"라는 카의 말은 이러한 조리 과정과 일치한다.

역사의 발전은 도전에 대한 응전으로 이루어진다

에드워드 카와 함께 20세기 대표적 역사학자로 손꼽히는 아널드 토인비(Arnold Toynbee). 그의 저서《역사의 연구(A Study of History)》는 고대부터 현대에 이르는 통시적 입장과 세계의 전 지역을 아우르는 공시적 입장을 통합해 저술한 역사학 분야의 기념비적 대작이다. 이 저서는 수많은 문화와 문명의 양상을 다양하게 고찰하면서도 서양 중심으로 역사를 보는 것이 아니라 서양과 동양을 아우르는 세계 각 지역의 역사를 동등한 위치에서 균형적 시각으로 바라보고 있다.

토인비는 첫 번째 질문 "문명들은 어떻게 발생하는가?"를 통해 문명 발생의 원인에 대한 연구주제를, 두 번째 질문 "문명은 어떻게 성장하는가?"를 통해 문명의 성장 과정에 대한 연구주제를, 세 번째 질문 "문명 쇠퇴의 원인은 무엇인가?"를 통해 문명을 퇴보시키거나 멸망시키는 사회적 원인에 대한 연구주제를, 네 번째 질문인 "문명의 해체란 무엇인가?"를 통해 문명의 해체와 새로운 문명의 탄생이라는 연구주제를 제기했다.

토인비는 괴테(J. W. von Goethe)의 희곡이자 독일 고전주의 문학의 기념비적 작품인 〈파우스트(Faust)〉에서 '도전과 응전'이라는 역사 발전의 원리를 발견했다. '진리' 탐구에 매진하려는 파우스트 박사의 의지를 꺾으려는 악마 메피스토펠레스의 '도전'과 이에 대응하는 파우스트의 '응전'을 그려낸 〈파우스트〉의 〈천상의 서곡〉 편에서 토인비는 역사 해석의 모티브를 얻은 것이다.

《역사의 연구》에서 토인비는 "사회는 (중략) 그 지속 기간 중 계속하여 문제에 부닥치게 된다. (중략) 그 제기되는 문제 하나하나가 바로 그 사회가 견뎌내야 할 시련이다"라고 말했다. 토인비의 역사관에 따르면, "사회"의 "문제"이자 "시련"은 곧 그 사회에 대한 "도전"과 같다. 그가 말하는 도전은 역사를 발전시키는 것이 아니라 오히려 역사를 정체시키거나 퇴보시키는 도전이다. 문명 세계를 위협하는 대재앙과 자연재해, 독재 정치, 부패한 정치 등을 가리킨다.

✖ 역사학의 기념비적 대작 《역사의 연구》 총10권 중 제1권 〈문명의 발생〉 표지

그렇다면, "응전"은 무엇을 의미할까? 역사의 발전을 가로막는 도전에 맞서 항거하고 의롭게 투쟁하는 것이 아닐까? 엄청난 시련을 몰고 오는 도전과 싸워 이기려는 응전의 정신이 역사를 발전케 한다고 토인비는 믿었다. 그가 생각하는 역사 발전의 원리는 "도전에 대한 응전"이었다.

아널드 토인비의 말처럼 현재 사회의 갈등과 분열을 일으키는 부정적 문제들은 예나 지금이나 역사의 발전을 가로막으려고 도전하고 있다. 이러한 도전에 맞서 문제들을 하나씩 극복해 나가고 현재보다 나은 미래를 창조하려는 적극적 응전이 필요하다. 그렇다면 에드워드 카가 말한 것처럼 과거의 사실로부터 '교훈'이라는

음식을 조리해 현재의 식탁에 앉아 있는 대중에게 정신의 양식을
먹여 주는 것보다 더 지혜로운 응전의 방법은 많지 않을 것이다.

"역사란 현재와 과거 사이의 끊임없는 대화다."

– 에드워드 카의《역사란 무엇인가?》중에서

잉게 숄의
《아무도 미워하지 않는 자의 죽음》

잉게 숄(1917~1998)

여러분이 제단 위에 바쳐진다면
무엇을 위한 제물이 되고 싶습니까?
무엇을 위해 기꺼이 희생의 자리에 서고 싶습니까?

모든 사람의 가장 소중한 인권인 '자유'를 위해서라면,
'자유'가 없는 어둠의 땅에서 죽어 가는
단 한 사람의 '생명'이라도 구할 수만 있다면,
비록 값없이 보이는 희생일지라도
가장 값진 마지막 선택이 되겠지요.

－현대인에게 주는 잉게 숄의 편지

'자유'의 제단 위에 바친 젊음의 피
- 잉게 숄의《아무도 미워하지 않는 자의 죽음(원저 백장미)》

정의와 자유는 인간의 권리임을 일깨워 주는 책

독일의 소설가 잉게 숄(Inge Scholl)은 아돌프 히틀러와 나치 당(黨)의 폭정에 맞섰던 저항단체 '백장미'단의 리더 한스 숄(Hans Scholl)의 누나이자 소피 숄(Sophie Scholl)의 언니입니다. 뮌헨 대학교의 대학생들이 주축을 이룬 '백장미단'은 나치의 대대적인 유태인 학살과 전쟁의 죄악상을 비판하는 전단을 인쇄하고 복사해서 독일 전역에 배포했다. 그 전단의 이름도 '백장미'였다. '백장미단'의 대학생들은 나치가 일으킨 전쟁이 독일의 패배로 끝날 것임을 전단에서 단언했다. 그들은 이 전쟁이 계속된다면 독일은 온 인류에게 영원한 증오와 배척을 받을 수밖에 없다는 점을 독일 국민에게 경고했다. 그러나 그들의 항거는 총과 칼을 들지 않는 철저한 '비폭력' 투쟁이었다. 정의를 호소하는 양심이 그들의 총이었고, 자유를 갈망하는 정신이 그들의 칼이었던 것이다.

1943년 2월 18일, 한스 숄과 소피 숄은 전단을 배포하던 중에

✖ 한스 숄과 소피 숄

게슈타포에게 체포당해 뮌헨의 슈타델하임 형무소로 이송된 후 국
민재판소에서 사형을 선고받았다. 그로부터 4일 후, 남매는 동료
인 크리스토프 프롭스트(Christoph Probst)와 함께 단두대의 이슬로
사라졌다. '국가반역죄'를 지은 자들의 가족이라는 이유로 잉게 숄
과 막내 동생 베르너 숄, 그들의 부모는 체포되어 옥고를 치렀다.
제2차 세계대전이 연합군의 승리로 끝난 후에야 잉게 숄의 가족은
비로소 자유의 몸이 되었다.

소설가, 교육가, 문화운동가, 평화운동가의 삶을 살았던 잉게 숄
은 1946년부터 1978년까지 독일의 울름에 위치한 울름 시민대학
의 교육을 주도했다. 그러나 그의 예술 창작, 교육활동, 문화운동의
목표는 사람의 모든 땅에서 '평화'를 실현하는 일이었다. 지상에서
전쟁을 추방하고 '생명'의 존엄성을 존중하는 윤리의 주춧돌을 놓
으려 했던 잉게 숄. 그는 그 주춧돌 위에 '자유'와 '인권'이라는 쌍

생아의 집을 지으려 했다. 그의 문학과 글쓰기는 평화운동의 제단 위에 바쳐진 속죄양과 같은 것이었다. 1998년 8월 암으로 세상을 떠나기 전까지 잉게 숄은 '백장미단'의 의로운 항거에 관한 수많은 책을 썼다. 한국의 독자들에게는 '아무도 미워하지 않는 자의 죽음'으로 알려진《백장미(Die Weisse Rose)》는 그의 대표적 작품으로 손꼽힌다.

➤ 소설 《백장미》를 각색한 독일 영화 '백장미'. 1982년에 개봉된 이 영화는 역사적 과오에 대한 비판과 휴머니즘의 메시지를 세계인들의 가슴에 각인시켰다. 2005년 〈소피 숄의 마지막 날들〉이라는 영화로 다시 태어나 2005년 베를린 영화제 '은곰상' 2관왕(감독상과 여우주연상)을 수상했다. 영화 〈소피 숄의 마지막 날들〉은 2006년 대한민국 개봉관에서도 상영되었다.

잉게 숄의 실명 소설《백장미》는 옳지 못한 정치제제에 맞서 개인의 '자유'와 '인권'을 지켜 내려는 저항이 민주사회를 지탱하는 기본적 생활윤리임을 일깨워 준다. 소설의 주인공인 한스 숄, 소피 숄, 그들의 뮌헨 대학교 학우들이 펼친 저항운동에서 우리는 '사람'이란 존재가 얼마나 존엄한지를 다시 한 번 깨닫게 된다.

유럽을 화마(火魔)의 도가니로 들끓게 했던 독재자 아돌프 히틀러. 그는 소련의 독재자 스탈린(Stalin)처럼 '권력'을 소유하기 위해 '사람'을 도구로 이용했고, 지배를 강화하기 위해 '생명'을 수단으로 삼았다. 히틀러의 목적은 권력이었지만 그의 독재와 폭정에 저항했던 젊은이들의 목적은 무엇이었을까? 사람과 생명이 아니었을까?

젊은이들의 의로운 눈길로 바라본 '권력'은 인간의 자유와 인권을 신장하기 위한 도구일 뿐이었다. 젊은이들의 이타적 시선에 포착된 '권력'은 생명의 존엄성을 지켜주기 위한 수단일 뿐이었다. 그러므로 '사람'을 독재의 도구로 사용하고 '생명'을 권력의 부품으로 사용하는 히틀러의 '제3제국'에 맞서 항거하는 것은 젊은이들의 가장 이성적인 판단이자 가장 사람다운 행동인 것이다. '사람'은 그 어떤 명분에 의해서도 특정한 목적을 위한 수단으로 이용될 수 없는 존재임을 《백장미》에서 깨닫게 된다.

"언제쯤이면 그 날이 올까요? 평범하게 살아가는 수백만 시민의 작은 행복보다 더 중요한 것은 없다는 사실을 이 나라는 언제쯤 깨닫게 될까요? 언제쯤이면 이 나라가 모든 사람의 인생과 소박한 일상을 망각해버리는 이념들로부터 해방될 수 있을까요? 눈에 띄진 않는다고 해도 개인을 위하고 국민을 위하여 평화를 수호하려는 노력의 발걸음이 무력으로 전쟁에서 승리를 거두는 것보다 더 위대한 일임을 이 나라는 언제쯤 알게 될까요?"

세상에 생명의 존엄성보다 더 귀한 것은 없다

무엇보다도 한스 숄, 소피 숄, 크리스토프 프롭스트, 알렉산더 슈모렐, 빌리 그라프, 쿠르트 후버 교수 등 백장미단의 멤버들은 이마누엘 칸트의 도덕철학과 '정언명령'을 저항의 논리적 근거로 제시하고 있다. 그 어떤 명분으로도 사람을 수단이나 도구로 이용해서는 안 된다는 칸트의 가르침은 그들의 저항을 움직이는 논리적 리모컨이 되었다. 그들이 "평화를 수호하려는 노력의 발걸음"을 멈추지 않았던 것은 그들의 가장 중요한 목적을 "개인"의 "자유"와 "국민"의 "행복"에 두었기 때문이다. 그들의 저항은 그 누구의 권유와 명령에 의한 것이 아니었다. 자발적 의지에서 우러나온 필연적 운명이었다.

"전쟁터와 야전 병원에서 겪은 일들이 한스와 친구들을 더욱 성숙하고 강인하게 바꿔 놓았습니다. 그 체험은 두려운 파멸의 수렁 속으로 빠져들고 있는 이 나라에 저항할 수밖에 없다는 필연성을 더욱 절실하고 극명하게 느끼게 해주었습니다. 한스와 친구들은 전쟁터와 야전 병원에서 사람의 생명이 장난감 취급을 받고 수없이 학살되고 버려지는 것을 똑똑히 보았습니다. 사람의 생명이 이렇게 위협받는 현실에 직면해있다면 차라리 하늘을 향해 아우성치는 저 불의(不義)에 맞서 생명을 걸고 싸우는 것이 옳은 일이 아닐까요? 이제 그들은 고향에 돌아왔습니다. 러시아로 떠나기 전날 저녁 그들이 뜻을 모았던 그 결심을 이제는 진지하게 실천할 때가 된 것입니다.

(중략)

그들의 마음속에서 지금 그들이 하는 일이 옳다는 말소리가 들려오고 있었습니다. 그들이 이 세상에 홀로 외로이 서 있다고 해도 옳은 일을 반드시 해야만 한다는 말소리가 그들의 마음속에서 울려나왔습니다.

(중략)

그들에게는 되돌아가는 길이 허락되지 않았습니다. 수많은 질문에 대해 명쾌한 해답을 줄 수 있는 것만이 진리였고, 자유로 충만하게 가득 차 있는 삶만이 진정한 삶이었습니다."

그들이 털끝만큼의 물리적 폭력도 행사하지 않고 오직 '백장미' 전단의 메시지만을 정의(正義) 실현의 매체로 삼았던 것은 "생명"을 살상하는 과오를 범하지 않기 위해서였다. "불의(不義)에 맞서 생명을 걸고 싸우는 것이 옳은 일"이라고 해도 불의한 자들을 살상하는 것은 또 다른 불의를 낳게 마련이다. 생명의 존엄성을 존중하지 않는 저항은 "옳은 일"이 아님을 그들은 잘 알고 있었다. 그들의 저항 운동이 아름답다는 설득력을 얻은 것은 "사람의 생명을 장난감으로 취급"하는 "학살"의 만행을 규탄하면서도 범죄자들의 생명을 무시하지 않았기 때문이다. "사람의 생명"을 지키려는 사랑이 없다면 "자유"와 "진리"를 옹호할 명분도 없다는 것을 그들은 가르쳐 주었다. 그들의 정열적 저항과 이성적 투쟁이 남겨 놓은 정신적 유산은 인종, 민족, 국적, 문화권, 환경, 시대를 초월해 모든 사람에게 계승되어야 한다. 자유의 영원한 빛은 사람의 생명을 보석처럼 아끼는 땅에서만 솟아오른다는 것을.

"저는 아무도 미워하지 않습니다.
모든 것, 이 모든 것은 저 스스로 선택한 것이니까요."

– 사형 집행을 앞둔 마지막 면회에서 한스 숄이 부모에게 한 말.

잉게 숄의 《백장미》 중에서

"자유여, 영원하라!"

– 사형 집행 직전에 한스 숄이 외친 말.

잉게 숄의 《백장미》 중에서

에리히 프롬의《자유로부터의 도피》와
조지 오웰의《동물농장》

에리히 프롬(1900~1980)과 조지 오웰(1903~1950)

신이 인간에게 남겨 놓은
위대한 유산이 있습니다.
그것은 '자유'입니다.
사이비 정치가에게 '자유'를 저당잡히지 마세요.
'자유'로부터 스스로 도피하는 것은
'인간'이기를 포기하는 일입니다.
인형이나 기계의 역할을 자청하는 것입니다.

– 현대인에게 주는 에리히 프롬의 편지

자유를 결박하는 욕망의 올무
– 에리히 프롬의《자유로부터의 도피》와 조지 오웰의《동물농장》

국민이 비판의식을 버리면 자동인형으로 전락함을 일깨우는 《자유로부터의 도피》

사회심리학자, 정치심리학자, 정신분석학자로 알려진 에리히 프롬 (Erich Fromm). 그는 1900년 프랑크푸르트에서 태어난 유태계 독일인이다. 그의 저서《사랑의 기술(The Art of Loving)》은 한국 독자들에게도 많은 사랑을 받았다. 1918년 프랑크푸르트 대학교에 입학해 법철학을 공부했고, 1919년 하이델베르크 대학교에서 사회학을 전공했다. 이때 카를 야스퍼스(Karl Jaspers),[11] 알프레드 베버(Alfred Weber)[12] 등 유럽을 대표하는 학자들의 강의를 들었다고 한

......

11 1883~1969. 독일의 철학자. 하이데거와 함께 독일 실존철학을 창시했다. 현대 문명에 의해 잃어버린 인간 본래의 모습을 지향했다. 저서로는《현대의 정신적 상황》,《철학》(3권),《이성과 실존》등이 있다.

12 1868~1958. 독일의 사회학자로 막스 베버의 동생이다. 사회과정, 문명과정, 문화운동이라는 3개의 층으로 역사의 흐름을 다중적으로 파악하려고 했다. 경제학에 있어 생산입지론에 공헌했고, 사회학 분야에서는 형식사회학을 비판하고 문화사회학을 제창했다.

다. 1922년 하이델베르크 대학교에서 철학박사 학위를 받은 에리히 프롬은 베를린 정신분석 연구소에서 정신분석학을 연구했고, 1930년 '프랑크푸르트 학파'의 본거지로 알려진 '프랑크푸르트 사회연구소'의 일원으로 활동하면서 자신의 정신분석학 이론을 정립했다.

그는 사회학, 철학, 심리학, 정신분석학 간의 학문적 통섭을 추구함으로써 인간의 내면세계와 정신의 본질을 탐구하는 데 인생을 바친 대사상가였다. '나치' 당이 지배하는 '제3제국' 시대에 미국으로 망명을 떠난 에리히 프롬은 컬럼비아 대학교, 멕시코 국립자치대학교, 미시간 주립 대학교, 뉴욕 대학교 등에서 강의하며 후진 양성에 열정을 쏟았다. 그의 사상을 대변하는 대표적 저서로는《자유로부터의 도피(Escape from freedom)》와《소유냐 존재냐》를 꼽을 수 있다.

특히《자유로부터의 도피》는 '정치심리학' 분야의 선구자 역할을 했던 명저로 알려져 있다. 정치가 발전하려면 정치가의 역할뿐만 아니라 국민의 역할도 중요하다는 사실을 일깨워 주는 책이다.

인류의 역사를 돌이켜보면, 정치 지도자의 이상(理想)과 실제의 정치현실이 동떨어져 있는 사례가 많았다. 지도자가 정치를 잘못했기 때문이지만 국민의 어리석음이

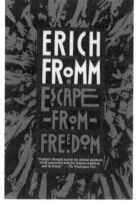

✘ 《자유로부터의 도피》의 영문 번역판 표지

정치의 타락을 조장한 것도 사실이다. 훌륭한 이상을 갖고 있는 지도자가 국민의 행복과 국가의 번영을 약속할 때 그 약속을 믿고 싶은 것은 무리가 아니다. "잘 살고 싶다"는 것은 누구나 갖고 있는 본능이기 때문이다. 그러나 지도자가 제시하는 이데올로기의 진실성과 실현 가능성을 검증해 보려는 국민의 의지가 없다면 그 나라와 그 사회, 그 국민은 매우 위험한 상황에 처해 있다고 볼 수 있다. 그러므로 이론적으로는 정당성을 갖고 있는 이데올로기라고 해도 그 이데올로기의 내용이 국민의 삶 속에서 제대로 실천되고 있는 지를 평가하려는 노력이 필요하다. 이러한 이성적 노력을 국민에게서 기대할 수 없다면 그 나라의 미래는 어두울 수밖에 없다. 국민이 풍요와 윤택이라는 물질적 가치에만 사로잡혀 지도자의 선동 구호와 강령을 맹목적으로 추종할 때에 그 나라의 국민은 "자동인형"의 기계적 인생을 살아가게 된다고 프롬은 말했다.

"근대 사회에서 개인의 자동기계화는 인간의 무력함과 불안감을 확대시켰다. 그 때문에 인간은 안정을 부여해 주거나 회의(懷疑)에서 그를 구해 준다고 믿는 새로운 권위에 쉽사리 복종하게 된다."

"개인적인 자아를 버리고 자동인형이 되어 주위 수백만의 다른 자동인형과 동일해진 인간은 이미 고독이나 불안감을 느낄 필요가 없다. 그러나 그 대신 그가 지불한 대가는 혹독하게 비싼 것으로, 그것은 바로 자아의 상실이다."

정치가들이 입버릇처럼 강조하는 이데올로기와 그들의 정치 내용이 조화롭게 어울리는지를 판단, 검증, 비판하려는 노력을 국민이 포기한다면 그것의 "대가는 혹독하게 비싼 것"이라고 프롬은 말한다. "자아의 상실"과 함께 "자유"로부터 "도피"해 권력의 올무에 스스로를 구속시키는 것보다 더 "비싼 대가"는 드물 것이다. 우리는 스탈린의 독재권력에 예속된 러시아 인민의 삶에서 그 적절한 사례를 목격하지 않았던가? 조지 오웰(George Orwell)의 소설 《동물농장(Animal farm)》에서 우화(寓話) 형식으로 풍자되었던 사건이기도 하다. 소비에트 지배체제가 '사회주의'라는 이데올로기를 도구로 악용해 인민을 지배하고 있는 것을 깨닫지 못한 채 "자동인형"처럼 스탈린의 독재권력 제단에 스스로를 제물로 바쳐 버린 인민의 어리석음을 볼 수 있었다.

"그 후로는 농장(러시아) 일을 감독하러 나온 돼지(볼셰비키 당원)들이 하나같이 윗발굽에 회초리를 들고 있는 것이 이상해보이지 않았다. 신문 잡지의 정기 구독을 신청했다는 소식이 들려왔지만 그것도 이상해보이지 않았다. 나폴레옹(스탈린)이 입에 파이프를 물고 본채(크렘린 궁전)정원을 산책하는 것이 눈에 띄었지만 그것도 이상해보이지 않았다. 그랬다. 이상해 보이지 않았다. 돼지들이 본채 옷장에서 존즈(황제)의 옷들을 꺼내 입고 나온 것도 이상해보이지 않았고……."

✖ 소설 《동물농장》의 영문판 표지. 오른쪽 탁자에서 양복을 입은 나폴레옹이 술을 마시며 안락을 즐기고 있다. 그는 소련의 독재자 스탈린을 상징한다. 뒤에서 나폴레옹의 추종자인 돼지들이 포식하고 있다. 그들은 볼셰비키 당원들이다.

지도자의 지배에 대한 굴종이 가져오는 결과를 보여 주는 《동물농장》

"농장"의 "동물들", 즉 러시아 인민은 자신들의 자유를 스탈린의 독재 아성(牙城)에 스스로 결박했다. 에리히 프롬의 시각으로 조지 오웰의 《동물농장》을 바라본다면, 인민은 그들이 마지막까지도 포기하지 말았어야 할 "자유"로부터 스스로 "도피"하는 길을 선택한 것이다.

20세기 인류의 역사에서 국민이 스스로 "자동인형화"의 길을 걸어가며 자유를 포기했던 또 하나의 대표적 사례를 '파시즘'[13]에서 발견할 수 있다. '파시즘'이란 전체주의(全體主義)의 성격을 지닌 군사독재의 체제 및 문화를 뜻한다. 이 파시즘이 세계 지배의 망상과 함께 패권주의(覇權主義)와 결합한 것을 '군국주의(軍國主義)'라고 부른다. 파시즘의 원조인 이탈리아의 베니토 무솔리니(Benito Mussolini), '나치즘'[14]을 앞세운 독일의 아돌프 히틀러(Adolf Hitler) 등은 군국주의자의 본보기다.

에리히 프롬은 《자유로부터의 도피》 제6장 〈나치즘의 심리〉 편에서 독일적 파시즘의 형태인 나치즘이 일으키는 "자동기계화" 현상을 비판하고 있다. 그렇다면 파시즘 치하의 현실은 어떤 것일까? 한 국가의 군사력을 장악한 독재 권력자가 오직 군부(軍部)의 힘만으로 국민을 지배하며 언론과 출판을 비롯한 문화의 모든 분야를 조작하고 통제한다. 이때 독재 권력자는 그럴듯한 이데올로기로 국민의 사고와 의식을 한 가지로 획일화한다. 따라서 파시즘은 전체주의 성격을 지닐 수밖에 없다. 독재 권력자가 국민의 의식을 통합하기 위해 마련했던 이데올로기는 국민을 효과적으로 지배하는 정치적 도구로 사용될 뿐이다.

......

13 '파시즘'이라는 명칭은 제2차 세계대전의 전범(戰犯) 이탈리아의 무솔리니가 이끈 '파시스트' 당(黨)에서 파생되었다.
14 '나치(Nazi)'는 독일의 아돌프 히틀러가 이끄는 극우파 정당이었다. 이 정당의 명칭은 '국가사회주의'를 뜻하는 독일어 Nationalsozialismus를 간략히 줄인 말이다. '나치즘 (nazism)'은 영어식 명칭이다.

✖ 히틀러(左)와 스탈린(右). 이데올로기를 통해 국민의 비판의식을 마비시킨 독재자의 전형이다.

독재 권력자는 국민의 의식 속에 잘못된 비전을 주입하고 세뇌하기도 한다. '세계 지배'라는 망상을 국가의 비전으로 전 국민의 의식 속에 심어 주는 경우다. 이때 '파시즘' 체제는 군국주의 세력으로 팽창한다. 군국주의의 기치를 높이 치켜든 파시즘 체제의 독재자들은 '세계 지배'라는 야망을 성취하기 위해 전쟁을 일으켜 왔다. 히틀러와 무솔리니가 주도한 제2차 세계대전이 바로 그 예다.[15] 그러나 이처럼 파시즘이 전체주의 성격을 띠는 것도, 더 나아가 군국주의 세력으로 확장하는 것도 국민이 지도자의 독재권력에 "마

••••••

15　제2차 세계대전의 전범국(戰犯國)인 독일, 이탈리아, 일본의 독재 권력자들은 '세계 지배'라는 그릇된 비전을 전 국민에게 세뇌시키기 위해 '민족주의'를 강조했다. 그러나 다른 나라의 주권과 영토를 침탈하는 것은 '코스모폴리타니즘'을 배반하는 패권주의에 불과하다. 그들의 민족주의는 사이비 민족주의였다. 정치적 슬로건에 불과했다.

조히즘"[16]처럼 맹목적으로 "복종"했기 때문에 나타나는 당연한 결과라고 프롬은 말한다.

"무력한 존재를 지배하는 힘을 얻고자 하는 욕망과 더불어 압도적으로 강한 힘에 복종하여 자기를 송두리째 없애버리려는 욕망이 존재한다. 나치 이데올로기의 실천인 이 마조히즘적 측면은 대중에게 가장 명백하게 나타난다. 대중은 개인의 존재는 보잘것없으므로 문제가 되지도 않는다는 말을 되풀이해서 듣게 된다. 개인은 이러한 자기의 하찮음을 인정하고 자기를 보다 높은 힘 속에 굴종시켜 굳센 힘과 영광에 참여하는 것에 자랑을 느끼지 않으면 안 된다. (중략) 곧, 지도자나 '엘리트' 측의 권력욕이 실현된다면, 대중은 자아를 포기하고 복종하지 않으면 안 된다."

조지 오웰의 소설 《동물농장》에서 카를 마르크스와 동일 인물로 등장하는 노인 "메이저"의 연설을 기억하는가? 사회주의 이론을 상징하는 메이저의 가르침은 권력을 차지한 "나폴레옹"(스탈린)과 "돼지들"(볼셰비키 당원들)에 의해 농장의 모든 동물(인민)을 지배하기 위한 정치적 도구로 이용되지 않았는가? "지도자"가 강조하는

- - - - - -

16   타인에게 물리적 또는 정신적인 고통을 받고 성적 만족을 느끼는 병적인 심리상태를 일컫는 용어. 오스트리아의 소설가 자허마조흐(Leopold von Sacher-Masoch)가 이와 같은 변태적 성격의 소유자로, 이러한 경향을 소설 속의 한 인물로 그려냄으로써 명칭이 붙여졌다.

강령과 구호를 종교적 신앙처럼 맹신하면서 자동인형들이 컨베이어 벨트에 실려 운반되듯이 지도자의 "지배" 행위에 "굴종"하기만 한다면 정치의 발전은 더 이상 기대할 수 없다. 이러한 "마조히즘" 적 태도는 정치의 발전을 가로막는 험난한 장애물이다.

에리히 프롬의 저서 《자유로부터의 도피》를 읽으면 역사의 악순환을 예방할 수 있는 길은 국민의 비판적 지성에서 열린다는 사실을 배우게 된다.

의식의 자동기계화 혹은 사고의 자동인형화를 강요하는 모든 사이비 정치의 '도전'에 맞대응하자. 인간의 숭고한 자유를 지켜내려는 비판적 지성의 방패를 들고 적극적 '응전'의 창을 겨누어 보자.

자발성과 개체성을 포기하는 것은 삶의 좌절로 이어진다.
한 인간이 심리적으로 자동인형인 것은
설사 생물학적으로는 살아 있더라도
감정적·정신적으로는 죽어 있음을 의미한다.

– 에리히 프롬의 《자유로부터의 도피》 중에서

앨빈 토플러의《제3의 물결》과 에른스트 슈마허의 《작은 것이 아름답다》

앨빈 토플러(1928~)와 에른스트 F. 슈마허(1911~1977)

개별성을 존중하면서
다양성을 이해하려고 노력해 보세요.
다른 사람의 말에 귀를 기울여 보세요.
'내가 아니면 안 된다'는 생각을 내려놓으세요.
'나와 너'의 협력이
'나'의 성장과 함께 우리의 발전을 돕는 것을 내다보세요.
주장하기보다는 먼저 의논하기를 선택해 보세요.
개인의 뜻을 관철하려고 애를 쓰기보다는
모두의 합의를 이끌어 내는 데 정성을 기울여 보세요.

– 현대인에게 주는 앨빈 토플러의 편지

소통과 상생의 사회,
'프랙토피아'를 향하여

- 앨빈 토플러의《제3의 물결》과
   에른스트 슈마허의《작은 것이 아름답다》

제3의 물결로 작은 것이 모여 통합을 이루는 시대가 도래하다

"세계에서 가장 유명한 미래학자"로 인정받는 미국의 앨빈 토플러(Alvin Toffler). 그의 저서《제3의 물결(The Third Wave)》은 미래학의 교과서로 인정받고 있다. 그는 코넬 대학교의 객원 교수로 후진 양성에 힘쓰고 있으며, 동시에 세계 각국의 정부, NGO, 일반 기업들을 대상으로 컨설팅 프로젝트를 수행해 왔다. 그는 "데이터와 컴퓨터만으로는 이 사회를 유지할 수 없다"고 강조하며 "사회는 인식적인 면에서 뿐만 아니라 감성적이며 애정을 가진 사람들의 모든 재주를 필요로 한다"고 주장했다. 토플러의 발언 속에는 그가 명명한 "제3의 물결" 사회가 가져야 할 개별성, 다양성, 포용성, 실용성, 효용성 등이 상징적으로 함축되어 있다.

　그는 문명의 발전 단계에 따라 세 가지 형태의 사회를 제시하면서 문명사회의 변화를 "물결"에 비유했다. 그가 말하는 "제1의 물결"은 수렵과 채집으로 이루어진 문명사회가 농경을 동반한 문명사회로 발전하는 혁명적 변화를 의미한다. "제2의 물결"은 토플러의 견해에 따르면 "고도로 산업화되어 있으며 대량생산, 대량분배, 대량소비, 대량교육, 대량휴양, 대중문화와 대량살상무기들에 기반을 두는" 문명사회를 표방한다. "표준화, 중앙화, 집중화, 동기화"의 특징을 나타내고 "관료주의라 부르는 조직에 의해 운영되는" 문명사회가 제2의 물결 사회다. 이 유형은 20세기 인류에 의해 충분히 경험된 것이다. 그러나 "제3의 물결" 사회는 현대인들에 의해 이미 경험된 사회와 지금도 경험하고 있는 사회와 앞으로도 경험할 사회의 모습을 모두 포괄하고 있다.

앨빈 토플러가 말하는 제3의 물결 사회는 후기 산업사회의 양상을 나타낸다. 제2의 물결에서 제3의 물결로 변화하는 과정은 20세기 중반에서 후반으로 넘어가는 단계에서 이미 시작되었다고 말할 수 있다. 산업의 발전 속도에 비례해 급진적으로 발전해 가는 과학기술의 능력은 '사회'를 광대한 정보망 혹은 '거대한 정보 네트워크'로 변화시켰다. 이 네트워크 안에서는 무수한 지식과 정보의 독립성, 개별성, 다양성, 상호의존성이 두드러진다. 제2의 물결 사회가 보여 주었던 중앙화, 대량화, 표준화를 '지역화', '개별화', '다양화'로 변화시키는 양상이 뚜렷해진 것이다. 토플러는 제3의 물결과 함께 도래한 사회를 "프랙토피아(practopia)"라고 명명했다. 프랙토피아는 어떤 세계일까? 토플러의 견해를 경청해 보자.

"지금 우리의 눈앞에 그 모습을 드러내고 있는 것은 유토피아는 아니고 '프랙토피아'라고 불러야 할 세계다. 그것은 상상이 가능한 세계 중 최고도 아니며 최저도 아니다. 우리의 현재보다는 실용적이고 바람직한 세계일 것이다. (중략) 요컨대 프랙토피아는 긍정적이고 혁명적이라고 말해도 좋을 만큼 현재의 사회와는 다른 질서와 가치관을 가진 사회인데, 실제로 실현이 가능한 사회인 것이다. '제3의 물결' 문명은 이런 의미에서 진실로 프랙토피아적 미래다. 그곳에서 들여다보이는 문명은 개인차를 인정하고 있으며 인종적, 지역적, 종교적 다양성이나 소 문화별 다양성을 억압하려 들지 않는 포용하는 문명을 엿볼 수 있다. (중략) 오늘의 변화는 이것저것이 모여서 크게 합류해 나가는데 그것은 어떤 의미에서는 지금까지의 문명과는 반대방향을 목표로 하고 있다. 시대에 점차 뒤떨어져 실행이 불가능해지고 있는 산업주의 체제와는 역방향을 지향하고 있다. 그것은 프랙토피아로 가는 방향이다."

다원주의적 포용성을 표방하는 문명사회! 다양한 개별적 정보들과 수많은 군소(群小) 지식이 네트워크를 형성해 상호 간의 정신적 가치와 실용적 효용성을 존중하는 문명사회! 토플러가 전망한 제3의 물결 시대가 몰고 오는 문명사회의 모습에서 "작은 것이 아름답다"라는 말에 공감하게 된다. "작은 것이 아름답다"는 말은 독일 태생의 영국 경제학자 에른스트 프리드리히 슈마허(Ernst Friedrich Schumacher)가 저술한 문명비판적 경제학 저서의 제목이다.

그는 이 책에서 기술문명의 힘에만 의존하는 성장제일주의적 경제 원칙이 가져오는 병리현상들을 비판하면서 사람과 자연의 공생 시스템을 존중하는 새로운 '성장'의 방향성을 제시하고 있다. 앨빈 토플러의 '미래학'과 공통분모를 찾을 수 있는 책이다. 토플러의 관점에서 슈마허의 문명관을 해석할 때에 우리는 미래의 이상적 문명사회를 열 수 있는 전망을 갖게 된다. 그 문명사회의 모습은 곧 '작은 것'을 중요한 것으로 존중하면서 '작은 것'들과 충분히 소통하는 정신적 네트워크를 구축하는 사회다. 그것은 토플러가 강조한 "개인", 개체, 개별성, "다양성"을 존중하는 윤리의식을 바탕으로 사람들이 서로 소통하고 자연과 더불어 상생하는 문화를 만들어 가는 사회다. 경제 성장과 기술 발전의 속도를 '지속 가능'한 속도로 조절해 나가는 프랙토피아의 문명사회다.

제3의 물결 시대의 리더십

"제3의 물결의 지도자에게 요구되는 필수 조건은 아직 제대로 알수는 없다. 그러나 앞으로의 강력한 지도자라는 것은 지도자 개인의 발언력보다도 타인의 말에 귀를 잘 기울이는 능력이 있을 것, 불도저처럼 밀고 나가는 힘보다는 상상력이 있어야 하며, 과대망상이 아닌 새로운 세계에서의 리더십의 한계를 인식할 줄 아는 그런 지도자라야 할 것이다.

내일의 지도자는 현재보다 훨씬 더 탈(脫)중앙집권적이며, 다수의

참여적인 사회를 상대하게 된다. 그 사회는 오늘의 사회보다 훨씬 더 다양한 사회이기도 하다. 앞으로는 모든 사람에게서 인정받는 존재가 될 수는 없다. 실제로 한 인간이 모든 특성을 갖출 수는 없기 때문이다. 지도자는 좀 더 임시적이고 단체적이며 모든 일을 합의하에 진행하지 않으면 안 되게 될 것이다."

제3의 물결 시대의 문명사회는 토플러가 말한 것처럼 "다수의 참여적인 사회"이며, "오늘의 사회보다 훨씬 더 다양한 사회"다. 제3의 물결 시대의 문명사회에서는 정보와 문화가 다양해짐에 따라 하나의 조직체가 다양한 전문성의 복합체로 구성된다. 지도자는 "모든 특성을 갖출 수는 없기" 때문에 전문가의 다양한 지식과 정보에 "귀를 잘 기울일" 수밖에 없다. 따라서 지도자의 권력은 개인에게만 집중되는 것이 아니라 그 조직체를 움직이는 지식의 성격과 정보의 종류에 따라서 지도자를 돕는 각 전문가들에게 분산된다. 지식과 정보를 사용하는 방향성에 따라서 지도자의 권력이 '무력하다'고 느껴질 정도로 조직체의 모든 구성원과 권력을 공유한다. 토플러의 말처럼 "내일의 지도자는 현재보다 훨씬 더 탈(脫)중앙집권적" 지도자가 된다. 다양한 지식들의 총체적 연합이 공동의 복합적 권력체계를 만들어 가기 때문이다.

그가 오래전에 예견한 대로 제3의 물결 시대는 특정한 개인이 권력을 만드는 시대가 아니라 "지식이 권력을 낳는" 시대다. 제3의 물결 시대의 지도자는 지배자나 권력자가 아니라 지식의 힘으로 구성원들을 이끄는 자(leader)일 뿐이다.

"전문 분야의 스페셜라이즈드 엘리트(specialized elite)를 통합하고 있는 것은 제너럴리스트 엘리트(generalist elite)이다. 이 집단은 모든 전문 분야에 걸쳐 구성원을 가진 다재다능한 조직 밖의 집단이다. (중략) 제2의 물결 국가에서는 관료라든가 이사라는 이름의 통합 전문가 집단이 존재하고 그것을 다재다능한 통합 제너럴리스트 집단이 지배하고 있다는 사실이다."

토플러의 견해에서 드러나듯이 "제너럴리스트 엘리트"가 "스페셜라이즈드 엘리트"를 지배하는 권력구조는 제2의 물결 시대의 두드러진 현상이었다. 그러나 제3의 물결 시대의 관점에서 보면 그런 수직적 권력구조는 수평적 권력구조로 개선되어야 한다. 스페셜라이즈드 엘리트와 제너럴리스트 엘리트의 동등한 연합 속에서 권력을 공유하는 것이 제3의 물결 시대가 보여 주는 사회의 모습이다. "다재다능"한 "통합적" 지식을 갖춘 제너럴리스트 엘리트들이 특정한 분야의 전문가인 스페셜라이즈드 엘리트들을 지배하는 것이 아니라, 그들 각각의 전문성을 인정하면서 그들과의 연대의식을 바탕으로 지식 네트워크를 견고하게 구축하는 것이다.

이때 제너럴리스트 엘리트와 스페셜라이즈드 엘리트는 고용과 피고용의 관계가 아니라 공동 경영진의 동등한 위치에 서 있다. 전자가 '이끄는 자'로서의 전략적 참모 역할을 맡고, 후자가 실행 감독을 맡아 전자의 "다재다능"한 폭넓은 지식의 기반 위에서 후자의 전문적 능력을 쌓아 올려 다수에게 실용적 유익을 부여하는 프랙토피아를 만들어 가는 것이다. 소통과 상생의 문화를 바탕으로 실용성과 생산성을 창출하는 프랙토피아! 제3의 물결은 거스를 수 없는 21세기의 현대인들이 지향하고 모색해야 할 대안사회의 모델이 아닐까? 프랙토피아의 실현 가능성을 토플러의 설명을 통해 가늠해 보자.

"제3의 물결 조직은 위계가 그다지 엄격하지 않고 상층부가 차지하는 비중도 지나치게 무겁지 않은 조직이다. 조직은 수시로 변동하는 소규모의 구성단위로 이루어지고 있다. 그 구성단위는 각각 외부와 독자적인 관계를 맺고 있는데, 그것은 마치 중앙과는 관계없이 독자적인 '외교 정책'을 펴나가는 것이라고 할 수 있다. (중략) 새로운 조직은 기본적인 점에서 관료제도와 다르다. 그것은 2개 또는 그 이상의 구조 형태를 가질 수 있는 '이원(二元)' 또는 '다원(多元)' 조직이라 할 수 있을 것이다. (중략) 어떤 플레이라도 자유로이 할 수 있는 축구팀이 호각만 불게 되면 경기 내용에 따라 축구, 야구, 농구 등 어떤 팀으로도 변신할 수 있는 것이다. 그런 조직에서 일하는 사람들은 어떤 상황에서도 즉석에서 대응할 수 있

※ 로스앤젤레스 자택의 서가에서 부인 하이디와 대화를 나누는 앨빈 토플러

는 훈련을 받을 필요가 있고 어떤 조직에서도 어떤 역할이든 흔쾌
히 받아들여야 한다. 이런 조직에서는 정연한 위계적 방식뿐만 아
니라 개방적이고 자유로운 방식으로도 능력을 발휘할 수 있는 관
리자가 요청되고 있다."

"내일의 지도자는 현재보다 훨씬 더 탈(脫)중앙집권적이며
다수의 참여적인 사회를 상대하게 된다.
그 사회는 오늘의 사회보다
훨씬 더 다양한 사회이기도 한 것이다."

– 앨빈 토플러의 《제3의 물결》 중에서

제3장

문학 분야의 명저 이야기
- 소설과 드라마 -

프리드리히 실러의
《도적 떼》와《빌헬름 텔》

프리드리히 실러(1759~1805)

가장 달콤한 '자유'는 자연이 안겨 주는 선물입니다.
나무의 형제처럼, 새들의 자매처럼 살아가는
초록빛 자유를 만끽해 보세요. 그러나
이 소중한 '자유'를 모두와 함께 누리기 위해서는
인간의 감정을 억압하고 인간의 존엄성을 말살하는
권력의 횡포에 항거해야 합니다. 빌헬름 텔처럼⋯⋯.

– 현대인에게 주는 프리드리히 실러의 편지

압제의 철벽을 넘어 자연의 품으로

– 프리드리히 실러의 《도적 떼》와 《빌헬름 텔》

자연 친화의 삶을 사랑했던 작가 실러

독일의 대문호이자 사상가였던 프리드리히 실러(Friedrich Schiller). 그는 괴테와 함께 독일의 '질풍노도 문학'[1]과 '고전주의 문학'을 세계 문학의 수준으로 끌어올렸다. 독일 문학은 실러와 괴테, 이 두 사람의 협력과 선의의 경쟁에 의해 유럽 문학의 주류가 되었다. 이 두 사람이 창작활동을 하기 전까지 독일 문학은 프랑스 문학에 비해 훨씬 낮은 평가를 받은 것이 사실이었다. 18세기 코르네유(Corneille), 몰리에르(Moliere), 라신(Racine)으로 대표되는 프랑스

· · · · · ·

1 프리드리히 클링거의 격정적인 희곡 제목 〈질풍노도〉에서 유래한 문예사조의 명칭. 1770년대를 중심으로 하며, 괴테와 헤르더 등이 주도적 역할을 했다. 실러는 80년대부터 본격적인 문학활동을 개시하지만 그 초기의 경향은 '질풍노도'에 속한다. 이 문예사조의 성격은 개성의 존중, 감정의 자유를 부르짖었으며 인습적인 구사회의 관습과 권위에 대해 반항했다. '질풍노도'를 대표하는 작품으로는 헤르더의 평론 《셰익스피어》, 괴테의 《젊은 베르테르의 슬픔》과 희곡 〈괴츠 폰 베를리힝겐〉, 렌츠의 희곡 〈가정교사〉, 실러의 희곡 〈도적 떼〉 등이 있다.

고전주의 문학은 유럽 문학을 이끄는 주류였지만 독일 문학은 비주류를 벗어나지 못했다. 실러와 괴테가 등장하기 전까지 독일 문학은 프랑스 문학의 위세에 눌려 있는 이미지를 떨칠 수 없었고, 프랑스 고전주의 작가들을 모방하려는 독일 작가가 점점 더 늘어만 갔다.

그러나 청년 괴테와 실러가 이른바 '질풍노도 문학'을 주도하면서부터 사정은 달라지기 시작했다. 본래 '질풍노도'란 이름은 괴테와 실러가 직접 붙인 이름이 아니라 프리드리히 클링거의 희곡 명칭이었다. 1770년대 그들을 비롯한 청년 작가들의 문학 작품이 '질풍(疾風)'처럼 몰아치는 감정과 '노도(怒濤)'처럼 밀려드는 정열을 표현했기 때문에 그들의 문학을 대변하는 명칭으로 '질풍노도'가 붙여진 것이다.

질풍노도 문학의 기수였다고 해도 지나침이 없는 프리드리히 실러. 그는 18세기 유럽의 사상계를 지배하던 '계몽주의'의 편협성을 비판했다. 이 '편협성'이란 무엇일까? 그것은 계몽주의자들이 보여준 이분법적 세계관이었다. 그들은 '자연'을 인간의 바깥에 존재하는 이질적 대상으로 규정했지만 실러는 자연을 인간의 근원으로 보았다. 계몽주의자들은 이성의 힘으로 자연을 지배할 수 있다고 믿었지만, 실러는 자연과 더불어 자연 속에서 살아가는 인생이 가장 자유롭고 행복하다고 믿었다. 이성의 힘으로 자연을 지배할 수 있다는 계몽주의자들의 생각은 곧 이성을 통해 감정을 얼마든지 통제하고 조절할 수 있다는 생각으로 이어졌다. 그러다 보니, 눈에 보이는 것만 믿고 논리적으로 증명되는 것만 믿으려는 경향이 강해졌다. 실러는 계몽주의자들의 이러한 '이성만능주의'에 저항하면서 이성의 굴레로부터 감정을 해방하려고 했다.

감정을 '질풍'과 '노도'처럼 분출시킬 때 그 감정의 밀물을 타고서 자연으로 돌아갈 수 있다고 실러는 믿었다. 이런 점에서 실러는 성숙한 계몽사상가 장 자크 루소(Jean Jacques Rousseau)[2]를 존경했다. 루소는 다른 계몽주의자들처럼 자연을 이질적 대상이나 지배의 대상으로 보지 않았기 때문이다. "자연으로 돌아가라"는 루소의 말은 실러를 비롯한 '질풍노도' 작가들의 정신적 버팀목이 되었다. 실러는 숲, 들판, 강변으로 돌아가서 자연의 아름다움을 느끼고 자연의 생명력을 받아들일 때에 진정한 자유를 누릴 수 있다는 생각을 갖게 되었다. 자연 친화의 삶으로부터 막힘없는 자유를 얻을 수 있다고 생각한 것이다.

그런데 실러가 계몽주의를 완전히 부정한 것은 아니다. 그는 계몽주의가 갖고 있었던 이성만능주의와 자연지배의 경향에 대해서는 비판의 화살을 쏘았지만, 정치의 자유를 추구하는 계몽주의의 진보적 정신만큼은 주저 없이 받아들였다. 자연을 바라보는 시각

......

2   1712~1778. 18세기 프랑스의 사상가 · 소설가. 그는 인간은 자연상태에서는 자유롭고 행복하고 선량했으나, 자신의 손으로 만든 사회제도나 문화에 의해 부자유스럽고 불행한 상태에 빠졌으며 사악한 존재가 되었기 때문에 다시 참된 인간의 모습(자연)을 회복하지 않으면 안 된다고 주장하며 당대의 사회나 문화에 대하여 통렬한 비판을 가했다. 19세기 프랑스 낭만주의 문학의 선구적 역할을 했다. 저서에《인간 불평등 기원론》,《사회 계약론》,《에밀》등이 있다.

은 달랐지만, 그 당시의 군주제 사회를 바라보는 비판적 시각은 같았던 것이다. 실러는 군주제를 폐지해야만 '자연으로 돌아가는' 길이 열린다고 생각했다.

자연의 아름다움과 자연의 생명력을 만끽하는 것은 인간이라면 누구나 누려야 할 개인적 권리다. 자연 속에서 행복과 평화를 누리는 것은 누구에게나 공평하게 부여된 천부인권(天賦人權)이다. 18세기 후반 독일의 사회를 돌이켜 보면, 군주, 귀족, 성직자는 얼마든지 자연친화의 욕구를 충족할 수 있었고, 자연 속에서 행복을 누릴 권리를 실현할 수 있었다. 그러나 하층 민중은 신분상 자유로울 수 없고 경제적으로 예속되어 있었기 때문에 '자연으로 돌아갈' 여유가 없었다. 귀족에게 예속되어 착취를 당하는 민중의 감정 상태는 어떠했을까?

그러한 환경에 처한 민중의 내면 속에서 감정은 풍부할 리 없다. 억압당하는 고통으로 인해 감정이 메말라 간다. 감정이 메말라 갈수록 자연과의 관계도 단절되어 간다. 실러는 군주제와 신분제가 안고 있는 이러한 사회적 모순을 비판했다. 자연으로 돌아가는 길을 열기 위해서는 먼저 군주제를 타파하고 평등사회를 건설하는 것이 필요하다고 생각했다. 바로 이점에서, 실러를 비롯한 '질풍노도' 작가들은 '계몽주의'의 정치의식과 자유정신을 받아들였던 것이다.

실러의 생각처럼 민중이 예속과 착취의 사슬에서 해방된다면 민중의 마음속에 억눌려 있던 감정이 깨어나지 않겠는가? 그렇다면 민중은 막힘없는 감성의 '질풍'과 거침없는 감정의 '노도'를 타고 '자연'이라는 생명의 바다로 전진해 진정한 자유를 누리지 않겠는가? 사회개혁이 자연 친화의 삶을 보장해 주고, 정치적 자유가 자연적 자유를 낳는다는 실러의 생각은 참으로 현명하다.

자유를 노래하는 실러의 희곡들

실러의 희곡은 사회개혁의 이상을 노래하고 있다. 자연 속에서 자유를 누리려면 신분의 해방과 정치적 자유가 필요하다는 이념을 표현하고 있다. 실러의 진보적 이념을 명쾌하게 드러낸 대표적 작품은 1781년에 출판된 《도적 떼(Die Räuber)》다. 이 희곡의 첫 한국어 번역본은 1975년에 출판되었다. 그러나 지금처럼 '도적 떼'가 아니라 한자어 '군도(群盜)'라는 이름으로 한국 독자들과 만났

다. 2014년 7월에 개봉된 한국 영화 〈군도〉와 동일한 이름이다. 실러의 영향을 짐작케 하는 영화다. 주인공 "카를 모어"는 백작의 아들로 태어났지만 군주제를 없애는 일에 몸을 바친다. 하층 민중과 함께 "도적 떼"를 결성해 신분의 위계질서를 무너뜨리

✖ 실러의 희곡 《도적 떼》의 독일어판. 사자는 주인공 '카를 모어'의 '자유' 정신을 상징한다.

고 평등사회를 건설하려는 열렬한 이상에 불타오르는 남자다. 우리의 고전 소설 《홍길동전》의 주인공 홍길동과 너무나 많은 부분이 닮아 있다. 물론, 〈도적 떼〉의 결말에서 주인공 카를 모어의 혁명은 실패로 끝난다. 그는 감정에만 의

✖ 1958년에 공연된 프리드리히 실러의 희곡 〈도적 떼〉의 한 장면.

존해 많은 과오를 저지른 것에 대해 스스로 뉘우치고 있다. 하지만 이 희곡은 '자유'와 '평등'의 이념을 유감없이 보여 준 작품임에 틀림없다.

1782년 1월 13일 독일 만하임 국립극장에서 연극으로 처음 공연되었던 〈도적 떼〉는 초연 당시에 관객의 폭발적 반응을 불러일으켰다고 한다. 이 뜨거운 호응에 힘입어 독일의 여러 지역에서 지속적으로 공연되다가 1792년에는 파리에서도 공연되어 흥행에서 성공을 거두었다. 그 당시는 '프랑스 대혁명' 시절이었다. '자유'와 '평등'의 이념을 표현한 희곡 〈도적 떼〉가 혁명의 열기로 달아오른 파리 시민의 공감을 얻은 것은 자연스런 결과였다. 파리의 연극 무대에서 얻은 대성공의 결과로 실러는 프랑스 혁명 정부에 의해 '프랑스 명예시민'으로 추대받았다. 독일 작가 실러의 작품이 혁명 정신을 대변하고 있다고 판단했기 때문이다.

실러의 혁명 정신과 고전주의적 이상을 조화시킨 희곡이 있다. 그가 작고하기 1년 전인 1804년에 발표한 《빌헬름 텔(Wilhelm Tell)》이다. 우리에게는 영어식 이름 '윌리엄 텔'로 더욱 많이 알려진 작품이다. 주인공 "빌헬름 텔"은 압제당하는 민중과 나라를 해방시키는 투사로 등장한다. 오스트리아의 합스부르크 왕가에서 파견한 총독 "게슬러"의 지배에 항거해 스위스를 독립시키는 영웅이다. 게슬러를 제거한 후에 작중인물인 "파리치다"에게 했던 그의 말이 인상 깊다.

"나는 신성한 자연을 위해 복수했소."

빌헬름 텔의 말은 실러의 '자유' 정신과 자연관(自然觀)을 동시에 보여 주는 중요한 발언이다. "신성한 자연을 위해 복수했다"는 말 속에 담겨 있는 실러의 생각을 빌헬름 텔의 가상 언어로 옮겨보자.

"게슬러의 억압 때문에 민중의 자연성은 죽어 버렸소. 알프스의 산 기슭에서 더 이상 평화로운 노래를 부를 수 없게 되었단 말이오. 나의 화살이 게슬러의 심장을 꿰뚫지 않는다면 민중의 혈관 속에서 흘러가는 자연의 숨결을 어떻게 살려낸다는 말이오? 민중의 생활 속에서 잠들어 버린 자연성을 일깨우고, 민중의 마음속에서 죽어 버린 감정을 살려내기 위해 나는 활시위를 당긴 것이오. 지배자가 짓밟은 민중의 감정과 자연성을 대신하여 내가 복수해준 것이

오. 모든 사람이 알프스의 푸른 풀밭과 쉴 만한 물가에 누워 평화로운 목가(牧歌)를 부르는 평등한 세상을 열기 위하여."

✖ 1782년 작품. 아들의 머리 위에 놓인 사과를 향해 텔이 활시위를 당기는 장면을 묘사한 그림이다. 스위스 취리히 국립박물관 소장.

희곡 〈빌헬름 텔〉의 마지막 장면에서 마침내 오스트리아의 지배체제가 무너지고 새로운 자유의 낙원이 열린다. 발터 퓌르스트, 멜히탈, 슈타우파허를 비롯한 전체 민중이 알프스의 언덕에서 빌헬름 텔을 영웅으로 맞이할 때에 "산의 음악"이 울려 퍼진다. 희곡 〈도적 떼〉에서 실패로 끝났던 혁명은 〈빌헬름 텔〉에서 성공의 열매를 맺는다.

스위스인들의 새로운 낙원을 축복하는 "산의 음악"은 실러의 〈환희의 송가(An die Freude)〉를 연상시킨다. 연극 무대에서 연출의 묘미를 살린다면 '환희의 송가'를 "산의 음악"으로 연주해도 어색하지 않을 것이다. 1785년에 발표된 실러의 시 〈환희의 송가〉는 베토벤의 제9번 교향곡 〈합창〉에 등장한다. 남녀 혼성합창으로 울려 퍼지는 〈환희의 송가〉를 듣고 있노라면, 빌헬름 텔과 스위스 민중이 함께 어우러져 해방의 '환희'를 예찬하는 장면이 떠오른다. 1823년에 교향곡 〈합창〉을 완성한 베토벤은 이 예술 작품을 실러의 부인에게 헌정했다고 한다. 생전에 실러에게 바치지 못했던 존경의 열매를 부인에게 대신 전한 것이다.

✖ 〈빌헬름 텔〉의 가장 유명한 장면. 게슬러의 비인간적인 명령 때문에 아들의 머리 위에 놓인 사과를 겨냥해야만 하는 빌헬름 텔이 마주한 절박한 순간이다.

베토벤이 실러를 존경했던 이유는 무엇일까? 실러도 베토벤처럼 평생 가난에 시달렸고, 고통 속에서 예술 작품을 창작했기에 베토벤의 마음이 움직인 것으로 보인다. 그러나 무엇보다도 베토벤의 존경을 이끌었던 힘은 '자유'와 '평등'을 향한 실러의 혁명정신이 아닐까? 〈환희의 송가〉 중에 "그대의 부드러운 날개가 머무는 곳에서 모든 사람은 한 형제가 되리라"고 노래하는 구절은 만민의 평등을 추구했던 실러의 '세계 시민' 정신을 대변한다.

인문학 명언

"나는 모든 하인들에게 자유를 선포합니다."

- 프리드리히 실러의 〈빌헬름 텔〉 중에서

허먼 멜빌의《모비 딕》과
월트 휘트먼의《풀잎》

허먼 멜빌(1819~1891)과 월트 휘트먼(1819~1892)

여러분은 언제 자유로움을 느끼시나요?
생각이 어느 한곳에 갇혀 있다면
몸도 자유로울 수 없답니다.
현실의 새장 속에 가두었던 생각들을
갈매기처럼 훨훨
상상의 바다로 날려 보내세요.

– 현대인에게 주는 허먼 멜빌의 편지

무한한 해석의 바다에서
상상의 돛을 올리자
– 허먼 멜빌의《모비 딕》과 월트 휘트먼의《풀잎》

사실주의에 영향을 받은 《모비 딕》과 《풀잎》

《모비 딕(Moby Dick)》의 작가로 알려진 허먼 멜빌(Herman Melville). 1819년 뉴욕에서 태어난 그는 어린 시절을 이곳에서 보냈다. 맨해튼의 컬럼비아 중·고등학교에 재학 중이던 그는 아버지의 사업 파산으로 인해 가족과 함께 뉴욕 주의 앨버니로 이주했다. 그곳의 앨버니 아카데미에 입학해 공부하던 1832년에 아버지가 세상을 떠나게 되자 또다시 가족과 함께 뉴욕 주의 랜싱버그로 이주했다. 16세에 앨버니 클래식 스쿨에 입학하기도 했지만 몇 달 만에 그만두었는데 그것이 멜빌의 마지막 학교 교육이었다고 한다. 이때부터 그는 가족의 생계를 책임지기 위해 형과 함께 노동판에 뛰어들어야만 했다. 그의 문학 작품에 반영된 파란만장한 인생체험이 시작된 것이다.

그는 형의 도움으로 영국의 리버풀로 항해하는 뉴욕 여객선의 승무원 일자리를 얻었다. 그 배를 타고 런던을 거쳐 다시 미국으로 돌아오기까지의 이야기가 1849년 소설 《레드번, 그의 첫 항해》 속에서 펼쳐진다. 영국에 다녀온 뒤 마땅한 직업을 찾지 못했던 허먼 멜빌은 1841년(21세) 1월 포경선 '아쿼쉬네트' 호의 선원이 되었다. 멜빌이 고래잡이로서 생활하지 않았다면 독자들은 그의 대표작 《모비 딕》을 만날 수 없었을 것이다. '아쿼쉬네트' 호에서 3년 10개월의 고용계약을 맺고 일을 하게 되지만 멜빌은 선장의 지나친 학대와 혹사를 견디지 못해 동료 6명과 함께 탈출했다. 그들이 도망쳐 간 곳은 식인종으로 알려진 타이피(Typee)족이 살고 있는 계곡이었다.

이때의 경험을 바탕으로 쓰여진 멜빌의 최초 소설 《타이피(Typee)》(1846)는 미국 독자들의 마음을 사로잡았다. 《타이피》의 빅 히트는 멜빌이 인생에서 처음 거둔 성공이었다고 한다. 소설 《모비 딕》이 그의 죽음 이후 30년이 지난 뒤에야 문단의 주목을 받은 것을 생각하면 야릇한 기분이 들기도 한다. 20세기 이후 《모비 딕》은 세계문학사의 한 페이지를 장식하고 있는 반면, 《타이피》란 이름을 기억하는 사람은 극소수이기 때문이다.

멜빌은 타이피에서 지내는 동안 원주민들의 순수한 마음과 자연 친화적인 생활에 감동을 받았다. 소설 《모비 딕》의 화자(話者) "이스마엘"과 그의 친구 "퀴퀘그"를 기억하는가? 처음 만났을 때 잔인무도한 야만인처럼 이스마엘의 등골을 오싹하게 만들었던 퀴퀘그. 그는 대화를 나눌수록 어린아이처럼 맑은 마음과 따스한 우정을 이스마엘에게 선사하지 않았는가? 자연과 조화를 이루면서 살

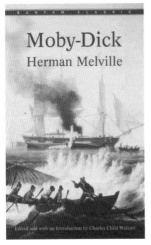

《모비 딕》의 영문판 표지

아온 타이피 주민들의 때 묻지 않은 삶이 '퀴퀘크'라는 인물 속에 녹아 있는 것이다. 타이피 체험 이후에 멜빌은 미국 낸터커트의 포경선 '찰스와 헨리' 호에 작살잡이로 채용되었지만, 1843년 5월 하와이에 도착했을 때 다시 해고되었다고 한다. 그러나 '아퀴쉬네트' 호와 '찰스와 헨리' 호에서 겪었던 고래잡이의 체험은 멜빌의 문학을 살아 꿈틀거리게 하는 심장이 되었다. 그의 대표작 《모비 딕》을 낳은 모태는 젊은 시절의 고래잡이 체험이었던 것이다.

포경선에서 해고된 후에 의류점 직원으로 일하던 멜빌은 귀향 예정이던 해군전함 '미합중국' 호에 자원입대해 보스턴으로 향했다. 14개월 만에 귀국해 제대 신청을 한 멜빌은 오랜 방랑 생활을 끝내고 1844년 10월 마침내 꿈에 그리던 가족의 품에 안겼다. 돌아온 멜빌을 가족들은 성공한 선원으로 따뜻하게 맞아 주었다고 한다. 그가 겪은 남태평양에서의 모험담을 들은 가족들은 이 이야기를 소설로 써 보라고 권유했다. 부랑자, 노동자, 선원의 궁핍한 생활로 돌아가기 싫었던 멜빌은 가족들의 권유에 귀가 솔깃해졌다. 그는 작가들의 가난한 현실을 깊이 고려하지도 않은 채 자신의 이야기를 꾸며 내는 재능에 대한 자신감으로 작가의 길을 선택하고 말았다. 후회는 없지만 고달픈 제2의 인생 항로가 그를 기다리고 있었던 것이다.

허먼 멜빌의 문학을 대표하는 소설이자 미국문학의 걸작으로 손꼽히는《모비 딕》. 1851년에 발표된 이 소설은 노동자로서의 인생 체험, 바다에서의 자연 체험, 포경선에서의 극한(極限) 체험이 빚어낸 3중 체험의 결정체였다. 이러한 3중 체험을 미국인의 생활 정서와 문화의식의 토대 위에서 서사적(敍事的) 문체로 표현했던 까닭에 지금까지도 멜빌은 19세기 미국 문학을 대표하는 거장으로 칭송받고 있다. 그는 미국의 문화와 자연을 가장 미국적인 정서와 가장 미국적인 언어로 표현하려고 노력했던 작가다.

19세기 미국 문학에서 '민주주의'의 면모가 가장 잘 나타나는 본보기는 허먼 멜빌의 소설일 것이다. 정치적 시각으로 바라본다면 멜빌의 소설은 월트 휘트먼(Walt Whitman)의 시집《풀잎(Leaves of Grass)》과 같이 '민주주의'에 대한 예찬론이라고 말할 수 있다. 멜빌의 문학은 19세기 후반 미국의 정치적 코드로 굳어져 가던 '민주주의'에 대한 작가의 신념을

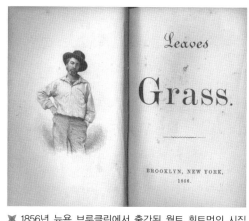

※ 1856년 뉴욕 브루클린에서 출간된 월트 휘트먼의 시집《풀잎》

증명할 뿐만 아니라 그 당시의 국민적 정서를 반영하는 거울이기도 하다.

19세기 미국 문학은 급격한 사회 변화의 분위기를 타고서 민중의 일상생활과 직접 관련된 사건들을 소재로 삼기 시작했다. 월트 휘트먼의 시 〈나는 미국이 노래하는 것을 듣는다(I hear Amerika singing)〉[3]에서 볼 수 있듯이, 다양한 인생의 모습과 각양각색의 직업을 사실적으로 묘사하는 경향이 나타났다. 중심지보다는 주변세계에 대한 흥미를 표현하기 시작했고, 지방색이 두드러진 이야기들이 줄거리의 상당한 비중을 차지했다. 이러한 특징들을 살펴볼 때 19세기 후반 미국 문학은 낭만주의 문학에서 사실주의 문학의 시대로 넘어가는 단계에 있었다고 볼 수 있다.

또한 이 시기에 '자연주의 문학'이 태동한 것도 주목할 만한 사실이다. 19세기 후반에 프랑스를 중심으로 형성된 '자연주의 문학'은 사물, 사건, 사실, 현상을 마치 카메라로 사진을 찍어 놓은 듯 정확하게 복사해 사물을 있는 그대로의 모습으로 보여 주는 문학의 경향을 말한다. 다윈(Darwin)의 '진화론'과 콩트(Comte)의 '실증주의'[4] 등 자연과학적 세계관이 낳은 문학이다. 고래에 관한 생물학

······

3   월트 휘트먼의 시집 《풀잎》 속에 포함된 시 작품이다.
4   19세기 후반 서유럽에서 나타난 철학적 경향으로 경험적 사실만을 지식의 원천으로 인정하고 사실의 배후에 상정되는 초경험적·초감각적 실재를 부정하며 경험적 근거를 지니지 않는 개념의 사용을 배척하는 철학적 입장을 말한다. '실증주의'라는 말은 19세기 초에 생시몽에 의해서 처음으로 사용되었다. 체계적으로 완성한 장본인은 그의 제자 콩트다.

적 사실을 있는 그대로 재생하는 멜빌의 표현 방식에서 자연주의 문학의 경향을 볼 수 있다.

《모비 딕》에서 상징을 읽어 내는 것은 또 하나의 재미

그러나《모비 딕》은 사실성과 함께 상징성이 돋보이는 작품이기도 하다. "흰 고래" 모비 딕은 신적 세계를 상징하면서도 자연의 세계를 상징하고, 고요한 해면의 정적 이미지와 격렬한 파도의 동적 이미지를 동시에 갖고 있는 이중적 상징이다. "모비 딕"은 절대선(絕對善) 혹은 절대악(絕對惡)을 상징할 수도 있다. 이처럼 어느 한 가지의 의미 속에 갇혀 있지 않은 존재다. 작품의 마지막에 등장하는 "관" 또한 죽음의 상징인 동시에 구명대의 역할을 하고 있는 양면적 상징이다. 이스마엘은 퀴퀘그가 만들어 놓은 "관"을 붙들고 물 위로 떠올라 목숨을 구한다. 이처럼 소설《모비 딕》은 모든 것을 사실적으로 재생하는 자연주의 문학의 경향 외에도 다양한 상징의 양면성을 보여 준다. 이렇게《모비 딕》에서 다양한 문학의 경향이 나타나는 것은 빠르게 변화하는 세계 문학의 조류에 멜빌이 민감하게 적응하고 있다는 증거다.

　미국 문학의 독자성을 찾으려는 미국 작가들의 노력이 전개되고 있었음은 바람직한 현상이다. 그러나 세계 문학의 흐름에서 분리될 수는 없는 법이다. 완전한 분리는 곧 문학적 고립을 의미한다. 이는 오히려 미국 문학의 발전에 역행하는 결과를 낳을 뿐이다. 멜빌의 소설 《모비 딕》에서 낭만주의, 사실주의, 자연주의, 상징주의 등의 문학적 요소들이 공존하는 것은 그가 미국 문학의 독자성을 중심에 두면서도 세계 문학과의 다양한 영향 관계를 형성하고 있다는 증거가 아닐까? 이러한 시각으로 본다면 멜빌에게 '글로벌리즘'의 정신을 가진 "세계 문학의 리더"라는 이름을 붙여도 좋을 듯하다.

《모비 딕》에서는 형이하학적 세계와 형이상학적 세계, 물질세계와 정신세계, 육체의 세계와 영혼의 세계, 보이는 세계와 보이지 않는 세계, 인간적 세계와 신적 세계 사이를 끊임없이 오가는 인간의 모습을 엿볼 수 있다. 한계의 벽에 부닥쳐 난파하는 인간의 불완전한 모습과 함께 이 한계를 돌파함으로써 완전한 세계에 도달하려는 인간의 불굴의 의지가 웅장한 서사시의 필체로 묘사되어 있다. 그럼 이제부터 선장 "에이허브"가 이끄는 "피쿼드"호의 선원이 되어 흰 고래 모비 딕을 만나러 책의 바다로 떠나 보자.

"물보라다! 내뿜고 있다! 눈에 덮인 산 같은 혹이다. 모비 딕이다! 누구도 지금까지 몰랐었나? 에이허브는 주위의 감시 선원들에게 소리를 질러 댔다.
바로 선장님이 발견하는 그 순간 함께 발견했습니다. 그래서 외친 거죠."

"그들은 30명이 아니라 한 사람이었다. 그것은 그들 모두를 태운 하나의 배와 같았다 …… 이 녀석의 담력, 저 녀석의 게으름, 또 죄와 형벌, 그 다양한 것이 하나로 녹아 하나의 주재자이며 용골인 에이허브가 가리키는 대로 궁극의 숙명을 향해 달리고 있는 것이다."

"그래서 에이허브는 고래가 뿜는 물보라에서 날아오는 거대한 모내드녹 산과 같은, 그 등 주위에 뭉게뭉게 감도는 안갯속에 거의 파묻히고 말았다. 그리하여 이토록 근접했을 때를 이용하여 그는 등을 구부리고 두 손을 들어 높이 펴서 균형을 잡으며 날카로운 작살을 투사하고 다시 또 날카로운 저주를 가증스러운 고래에게 내뱉었다."

"저주받을 고래 녀석, 산산조각으로 가루가 되는 거다. 자, 이 창을 받아라."

영문학자 현영민 교수는 《모비 딕》을 "한 마리의 거대한 백경을 쫓아 오대양을 누비며 범주(帆走)하는 장쾌한 해양 소설이자 우주와 인생의 진리를 선명히 드러낸 역작"이라고 평했다. 이 소설에서 사건 진행의 중심은 흰 고래 모비 딕과 피쿼드 호의 선장 에이허브 간의 대결이다. 영화 〈모비 딕〉에서 에이허브 역할을 맡았던 명배우 그레고리 펙의 야성에 찬 지적인 눈빛이 떠오른다.

그런데 모비 딕과 에이허브 간의 대결이 무엇을 뜻하는 것인지에 대해 수많은 영문학자와 문학비평가 간에 논란이 끊이지 않는

✖ 1956년 영화 〈모비 딕〉의 한 장면. 선장 에이허브가 모비 딕을 잡으려고 혼신의 힘을 다해
전진하고 있다. 명배우 그레고리 펙의 열연이 인상 깊다.

다. 독자의 입장에서는 다양한 의미들을 머릿속에 그려볼 수 있기 때문에 상상의 재미를 만끽할 수 있다. 의미를 해석하는 길이 무한히 열려 있는 것이 바로 문학의 매력 아닐까?

'수용미학(Rezeptionsästhetik)'[5]이라는 문학연구 방법론에서 배울 수 있는 것처럼 작가의 의도를 존중하면서도 작가의 의도에 구속되지 않는 것이 문학을 받아들이는 독자의 현명한 태도다. 독자의 상상력으로 문학 작품을 자유롭게 해석하면서 작가의 메시지 속에 독자의 새로운 상상을 보탠다면 그 문학 작품은 처음보다 더 좋은 작품으로 거듭날 수 있다.《모비 딕》은 이와 같이 독자의 편에서 다양한 상상을 통해 의미의 보석들을 풍성하게 캐낼 수 있는 문학 작품의 모델이다.

흰 고래 모비 딕은 인간의 능력으로 뛰어넘을 수 없는 초월적 힘, 신적 존재, 신적 경지 등을 상징할 수 있다. 인간의 이성으로는 인식할 수 없는 불가해한 세계, 절대적 진리, 절대적 선(善), 절대적 미(美)의 세계를 나타낼 수도 있다. 모비 딕은 문명의 힘으로는 정복할 수 없는 자연의 세계를 상징할 수도 있다. 한편, 모비 딕을 포획하기 위해 일생을 바치는 열혈남아 에이허브 선장은 독자에게

---

5 1960년대 말 독일의 문예학자 한스 야우스(Hans R. Jaus)와 볼프강 이저(Wolfgang Iser)가 제시한 문학연구 방법론이다. 작가가 쓴 '텍스트(Text)'는 수용자인 독자와의 소통 과정을 통해 독자의 내면세계 속에서 의미를 형성할 때에 비로소 '작품'으로 불리게 된다는 이론이다. 독자와의 소통 과정 이전에는 단지 텍스트에 불과할 뿐이라는 것이다. 문학에 대한 독자의 자유로운 해석의 지평을 열어 준 방법론으로서 '수용미학'은 중요한 가치를 갖는다.

어떤 의미를 안겨 줄까? 모비 딕과는 대립적인 의미들을 갖고 있다고 가정할 수 있다.

에이허브는 인간의 태생적 한계를 극복하고 초월적 · 절대적 · 신적 경지에 도달하고자 하는 인간의 의지를 상징하는 인물이라고 해석할 수 있다. 불가해한 세계를 인식하려는 인간의 이성 혹은 자아의 상징이라고 해석할 수도 있고, 자연을 정복하려는 문명의 힘을 나타낸다고 볼 수도 있다. 그렇다면 소설《모비 딕》을 다양한 상징의 물고기들이 유영하는 상상의 바다라고 부를 수 있지 않을까?

우리는 모비 딕과 에이허브 사이에 좁혀지지 않는 거리를 발견하게 된다. 우선 에이허브를 긍정적 시각으로 바라보자. 그는 절대적 진선미(眞善美)의 세계와 인간의 현실세계를 가로막는 중간의 벽을 허물기 위해 최선을 다하는 인물이다. 그러나 비판적 시각으로 에이허브를 바라본다면 반성의 메시지를 발견할 수 있다. 인간이 신적 존재의 위치에 오를 수 있고, 자연을 완전히 정복할 수 있으며, 절대적 진선미의 세계를 소유할 수 있다는 오만과 독선이 결국은 인생의 배를 침몰시킨다는 문학적 옐로카드를 읽을 수 있기 때문이다.

이와 같이 서로 다른 시각과 정반대의 해석을 가능케 하는 소설《모비 딕》을 통해 '인간의 내면세계 안에 양립하고 있는 양면(兩面) 가치를 어떻게 조화롭게 화합시킬 것인가?' 하는 인생의 숙제를 생각해 보는 것도 흥미로운 고민이 될 것이다.

"분명히 이번에 내가 고래잡이 항해에 간다는 것은 아득한 옛날에 기입된 섭리의 예정표 가운데 일부분일 것이다."

"작살은 던져지고 찔린 고래는 달아났으며, 밧줄은 불이 붙은 듯 홈을 달리다 엉키고 말았다. 에이허브는 그것을 풀기 위해 몸을 굽혔고 멋지게 풀어냈다. 그러나 밧줄의 고리가 그의 목에 감겨 터키의 벙어리(터키에서는 벙어리를 군주들의 종으로서 삼았다고 함)가 희생자를 교살할 때처럼 소리도 없이, 그리고 선원들이 그가 없어진 것을 알아차리기도 전에 보트에서 내던져졌다."

소설 《모비 딕》을 어떤 시각으로 바라본다고 해도 부정할 수 없는 사실이 있다. 그것은 인생의 목표를 향해 불굴의 의지를 불사르는 에이허브의 도전 정신이 아닐까?

시인 사무엘 울만(Samuel Ullman)은 자신의 시 〈청춘〉에서 "나이를 먹는다고 해서 사람이 늙는 것이 아니다. 이상을 잃어버릴 때 비로소 늙는 것이다. (중략) 머리를 드높여 희망이라는 파도를 탈 수 있는 한 80세일지라도 청춘은 그치지 않는 것이다"라고 말했다.

인생의 마지막 순간까지도 이상과 꿈을 이루기 위해 혼신의 힘을 다하는 청춘의 정신! 꿈이 이루어지지 않을지라도 결코 꿈을 포기하지 않는 젊음의 정열! 선장 에이허브가 우리에게 선사하는 가장 값진 선물이 아닐까?

"그러나 나는 끊임없이 머나먼 것을 갈망하고 있었다.

나는 금단의 대양을 횡단하고

야만인들의 바닷가에 상륙하는 것을 좋아했다."

– 허먼 멜빌의 《모비 딕》 중에서

보리스 파스테르나크의
《닥터 지바고》와 《신약성경》

보리스 파스테르나크(1890~1960)

나의 선배 작가 톨스토이를 기억하십니까?
그는 《사람은 무엇으로 사는가》에서
"사람은 오로지 사랑에 의해서만
살아가는 것"이라고 말했습니다.
사랑이 메마른 땅에서는
'자유'라는 꽃이 피어나지 않습니다.
사람이 맺을 수 있는 '자유'의 열매는
사랑의 수액(樹液)을 마시며 자라납니다.

— 현대인에게 주는 보리스 파스테르나크의 편지

인간성의 생명나무를 찾아서
– 보리스 파스테르나크의《닥터 지바고》와《신약성경》

사랑은 가장 아름다운 인간성의 열매임을 일깨워 주는 《닥터 지바고》

소련(蘇聯) 시절의 작가들 중 소비에트 공산당의 정치 노선에 대해 특히 비판적이었던 작가들이 있다. 알렉산드르 이사예비치 솔제니친(Aleksandr Isayevich Solzhenitsyn), 이오시프 브로드스키(Joseph Brodsky), 보리스 파스테르나크(Boris Pasternak) 등이다. 그들 중에서도 세계인의 사랑을 가장 많이 받은 작가는 보리스 파스테르나크가 아닐까? 그의 소설《닥터 지바고(Doctor Zhivago)》는 '문학', '영화', '음악'이라는 3중 예술의 향연으로 세계인의 영혼을 전율시켰다.

　모스크바에서 태어난 보리스 파스테르나크는 모스크바 대학교를 졸업한 후 독일 마르부르크 대학교로 유학을 가서 철학을 전공했다. 그는 수많은 서정시를 발표해 소설가보다는 시인으로 소련 대중에게 알려졌다. 그러나《닥터 지바고》가 1958년 스웨덴 한림

원에서 '노벨 문학상' 수상
작으로 결정된 후에는 시인
보다는 소설가로 전 세계에
명성을 떨치게 되었다. 밖에
서의 평가와는 반대로 소련
공산당 정부와 작가동맹은
이 소설 속에 '볼셰비키 혁
명'[6]을 비판하는 내용이 포
함되어 있다고 비판했다. 결
국 정부와 작가동맹의 압박

✖ 보리스 파스테르나크의 사진으로 장식한 소설 《닥터 지바고》의 영문 번역판 표지

을 받은 파스테르나크는 노벨 문학상 수상을 거부했다. 영예로운
상을 받지 못한 것은 아쉬운 일이지만, 이 소설 속에 담겨 있는 작
가의 비판의식과 자유정신만큼은 아쉬움이 아닌 문학적 쾌거로 기
록될 것이다.

파스테르나크는 혁명의 정신 속에 깃들여 있는 인간의 '자유'와
'평등'에는 크게 공감했지만, 혁명의 본질에서 벗어난 공산당의 정
치노선에 대해서는 가차 없이 비판의 화살을 쏘았다. 인간의 자유
와 인민의 평등을 실현하려는 의지가 소련 공산당에게서 전혀 보
이지 않았기 때문이다. 파스테르나크가 바라본 소련 공산당 간부

••••••

6 10월 혁명이라고도 한다. 1917년 2월 혁명에 이은 러시아 혁명의 두 번째 단계다.
10월 혁명은 블라디미르 레닌의 지도하에 볼셰비키들에 의해 이루어졌으며, 카를 마르크
스의 사상에 기반한 세계 최초의 공산주의 혁명이다.

들은 휴머니즘을 외면하는 비인간적 집단일 뿐이었다. 그는 소설 《닥터 지바고》를 통해 문학의 본질인 인간성을 지키기 위해 투쟁하는 휴머니즘의 전사(戰士)가 되었다. 휴머니즘의 정신은 그의 문학을 낳은 정신적 모태였다.

보리스 파스테르나크의 장편 소설 《닥터 지바고》는 오마 샤리프 주연의 영화로도 널리 알려져 있다. 서사적 서술과 서정적 묘사가 연인처럼 하모니를 이루는 명작이다. 이 소설의 이야기는 1917년 러시아 '볼셰비키 혁명'의 소용돌이를 배경으로 전개된다. 이데올로기의 폭력에 맞서 내면적 투쟁을 겪는 어느 지식인의 고뇌가 꽃처럼 피어나고 있다.

시대를 바꾸어 놓을 만한 역사적 사건에 직면해 주인공 유리 지바고는 자신에게 다음과 같은 질문을 던진다. "인간이란 어떤 존재인가?", "인간은 시대와 사회를 어떻게 해석해야 하는가?", "진정한 인간성의 실현을 위해서는 어떤 인생을 살아야 하는가?" 이러한 질문들의 화살은 그의 인생만이 아니라 우리 인생의 과녁을 향해서도 날아오고 있다. 이것은 보리스 파스테르나크가 1956년에 쓴 자전적 글에서 "어떻게 무엇을 위하여 살 것인가, 어떤 방법으로 생각하고 어떻게 사는 것이 값진 인생이 될 것인가?" 하는 고민을 가장 중요한 것으로 여겼다는 사실에서 드러나고 있다.

작가가 생각하는 '값진 인생'이란 무엇일까? "틀에 박힌다는 것은 인간의 최후이며 인간에 대한 사형선고"라는 유리 지바고의 말에서 알 수 있듯이, 인간성을 억압하는 이념과 체제의 틀에서 벗어나서 마음껏 사랑하며 살 수 있는 "자유"를 누리는 것! 바로 이것이 가장 값진 인생이 아닐까?

'사랑'은 이 소설을 지탱하는 든든한 토대다. 이 소설에서 가장 중요한 주제는 '사랑'이다. 유리 지바고가 체험하는 사랑은 세 가지 모습이다. 그와 라라 사이에 피어나는 정열적 사랑, 예술을 동반자로 삼는 장인(匠人)의 사랑, 그리스도의 마음으로 민중을 품어 안는 인류애적 사랑이다. 사랑은 인간이 맺을 수 있는 가장 아름다운 인간성의 열매다. 사랑은 인간이 누릴 수 있는 가장 감동적인 자유다. 이렇게 본다면 '인간성', '사랑', '자유'는 소설 《닥터 지바고》를 구성하는 테마의 삼중주가 아닐까? 하늘빛처럼 맑은 영혼을 사랑의 심연 속에 아낌없이 쏟아붓는 자유여! 이것이야말로 작가가 꿈꾸는 가장 값진 인생의 열매가 아닐까? 인간성, 사랑, 자유는 보리

스 파스테르나크의 문학과 작가정신을 우리의 가슴에 선명히 아로
새기는 키워드다.

　파스테르나크는 노벨 문학상 수상자로 선정[7]되었지만 소련 당국
에 의해 '배신자'로 매도당해 국외 추방의 압력을 받고 소련 작가
동맹으로부터 제명 처분을 당하기도 했다. 소설의 주인공 유리 지
바고처럼 작가 자신도 고난의 가시밭길을 걸었다. 그러나 이것은
파스테르나크의 작가정신으로 보아 매우 당연한 결과라 할 수 있
다. 그는 문학이 체제의 도구로 이용되거나 이념의 선전물로 전락
하는 것을 혐오했기 때문이다. 인민의 개성과 자유를 억압하고 예
술의 자율성을 박탈해 왔던 소비에트 체제의 폭력에 맞서 언어의
창검(槍劍)으로 선한 싸움을 펼친 예술가 보리스 파스테르나크! 소
련의 사회주의 체제가 무너진 이 시대에 그의 명작《닥터 지바고》
는 자유를 위한 투쟁에서 얻어낸 승리의 전리품으로 빛나고 있다.

예수 그리스도의 정신을 정치의 비전으로 삼다

소설《닥터 지바고》의 마지막 부분에는 주인공인 유리 지바고의
연작시가 〈유리 지바고의 시〉라는 제목으로 수록되어 있다. 시 〈햄
릿〉에서 지바고는 자신을 예수 그리스도와 햄릿[8]에 비유하고 있다.

‥‥‥‥

7　보리스 파스테르나크는 소련 당국의 압력에 의해 노벨 문학상 수상을 거부했다.
8　윌리엄 셰익스피어의 4대 비극 중 하나인 〈햄릿〉의 주인공.

겟세마네 동산에서 기도하는 예수 그리스도는 햄릿이요, 지바고이
기도 하다.

  한 밤의 어스름은
  무수한 쌍안경을 축으로 삼아 날 향하고 있습니다.
  아버지, 나의 아버지, 만일 할 수만 있으시다면
  이 잔을 내게서 거두어 주옵소서.

  나는 당신의 흔들리지 않는 의지를 사랑하며
  이 역을 맡는 데 동의합니다.
  그러나 지금은 다른 연극이 상연 중이오니
  이번만은 저를 면하게 하여 주옵소서.

  그러나 막의 순서는 신중히 고려되어 짜여 있으니
  그 길의 종말은 피할 수 없는 것.
  나는 늘 외롭고 모든 것은 위선에 빠져 있습니다.
  인생을 산다는 것은 평탄한 들판을 가로지르는 것과는 다를 것입
  니다.

                          – 유리 지바고의 시 〈햄릿〉 중에서

이 시에서 지바고는 햄릿과 예수 그리스도와 하나의 인격체가

된다. 그는 위선에 빠져 있는 바리새인들과 다르게 자신은 '밤에도 깨어 있는'[9] 존재라는 것을 강조하고 있다. 바리새인들은 율법의 본질인 하느님의 '사랑'을 외면하는 자들이다. 그들은 율법의 겉모습에만 집착하면서 율법의 본질을 보지 못하는 자들이다. 오히려 그들은 민중을 지배하는 정치적 도구로 율법을 악용해 온 자들이다. 그들은 권력과 금력(金力)을 얻기 위한 수단으로 율법을 이용했을 뿐이다.

예수 그리스도의 눈으로 변해 있는 지바고의 눈으로 볼 때 바리새인들의 정신은 죽어 있거나 수면 상태에 빠져 있는 것과 같다. 《신약성경》에서 예수가 그들을 향해 "회칠한 무덤"[10] 같다고 비판하던 장면이 생각나는가? 바리새인들을 꾸짖는 예수 그리스도의 마음으로 지바고는 소비에트 공산당과 그 권력자들을 비판하고 있다.

유대 백성을 향한 하느님의 사랑을 철저히 배반했던 바리새인들의 '율법'은 러시아 인민의 주권과 평등을 철저히 배반했던 소비에트 공산당의 '사회주의' 이데올로기와 다를 바 없다. 지바고의 눈으로 볼 때 소비에트 공산당의 간부들은 또 다른 바리새인이 되어 '사회주의'라는 허울 좋은 명분을 내세워 러시아 인민을 지배하고

······

9　독일의 시인 프리드리히 횔덜린(J. Ch. F. Holderlin)의 장시(長詩) 〈빵과 포도주〉 중 제2편의 마지막 구절에서 횔덜린은 시인의 "깨어 있음"을 강조하고 있다.

10　《성경》(개역개정판), 〈마태복음〉 23장 27절. "화 있을진저 외식하는 서기관들과 바리새인들이여 회칠한 무덤 같으니 겉으로는 아름답게 보이나 그 안에는 죽은 사람의 뼈와 모든 더러운 것이 가득하도다"

있다. 바리새인의 율법에서 종교의 본질인 '사랑'이 실종된 것처럼 그들의 사회주의 이데올로기에서도 그 정치적 이념의 본질인 '나눔'의 미덕이 사라지고 말았다. '이데올로기'라는 '외식(外飾)'의 가면을 쓰고 실제로는 권력의 칼자루를 쥐고 있는 것이다. 이러한 현실을 깨닫지 못한 채 권력자들에게 '자동인형'처럼 무기력하게 끌려다니는 러시아 민중의 삶을 지바고는 '잠'을 자는 것으로 보았다.

잠에 빠져 깨어 있지 못하는 것은 죽음의 상태와 같음을 〈유리 지바고의 시〉 중 마지막 작품인 〈겟세마네 동산〉에서 알게 된다. 겟세마네는 《신약성경》에 기록된 기독교의 성지(聖地)다. 예수 그리스도가 열두 명의 제자 중 한 사람인 가룟 유다에게 배신당해 십자가에 못 박히기 전에 하느님께 마지막 기도를 올린 곳으로 알려져 있다.

번뇌를 기도로써 달랜
그(예수 그리스도)는 겟세마네 동산 문을 떠났고,
죽음에 겨운 제자들은
잡초가 우거진 길섶에 쓰러져 있다.

그는 제자들을 일깨웠다. "나는 지상에 있는 생명을 보증하였거늘
어찌 다들 이 모양인가."

- 유리 지바고의 시 〈겟세마네 동산〉 중에서

시 〈겟세마네 동산〉에서 예수 그리스도가 잠들어 있는 제자들을 비판하는 장면이다. 이것은 작가 보리스 파스테르나크가 지바고의 입을 빌려 당대의 러시아 민중과 독자에게 "깨어 있으라"고 경고하는 옐로카드다. 작가는 정신적 스승의 위치에서 민중과 독자에게 이데올로기의 허구성과 권력자들의 허위의식을 깊이 깨달을 것을 당부하고 있는 것이다. 정치적 명분이 아무리 그럴듯해도 인간을 향한 사랑의 길을 가로막는다면 그것은 사이비 정치에 불과하다는 것을 일깨워 준다.

보리스 파스테르나크의 걸작 《닥터 지바고》는 "인간을 위하는, 인간의 길"로 우리를 안내하는 하나의 휴머니즘의 가이드다.

"누구나 자리에 있는 사람들은
자신이 잘못을 저지를 리가 없다는 신화를 만들려고
진실에서 눈을 돌리는 일에 급급하고 있습니다.
나는 정치에는 조금도 매력을 느끼지 못합니다.
진리에 무관심한 사람들을 좋아하지 않으니까요."

- 보리스 파스테르나크의 《닥터 지바고》 중에서

라인홀드 니부어의 눈으로 바라본 생텍쥐페리의 《어린 왕자》

앙투안 드 생텍쥐페리(1900~1944)

인생의 '궁극적 가치'를 어디에 두어야 할까요?
'무엇이 될 것인가'보다는
'어떻게 살 것인가'에,
'무엇을 가질 것인가'보다는
'어떻게 나눌 것인가'에,
'어떤 일을 할 것인가'보다는
그 일을 통해 '어떻게 기여할 것인가'에,
목표를 '어떻게 이룰 것인가'보다는
목표를 이룸으로써 '누구를 도울 것인가'에
인생의 '궁극적 가치'를 두지 않으렵니까?

— 현대인에게 주는 어린 왕자의 편지

마음의 눈으로 바라보는 인생의 가치

– 라인홀드 니부어의 눈으로 바라본 생텍쥐페리의 《어린 왕자》

어린 왕자는 묻는다. 어떻게 살아야 가치 있는 삶일까요?

생텍쥐페리(Antoine Jean-Baptiste Marie Roger de Saint-Exupery)는 공군 장교로서 북서아프리카, 남대서양, 남아메리카 항공로를 개척했던 비행 전문가였다. 지중해 상공에서 죽음을 맞이할 정도로 비행은 창작과 함께 그의 인생의 절반을 의미했다. 그의 대표 소설 《야간비행(Vol de Nuit)》[11]을 인생체험의 변주곡이라고 불러도 좋을 것이다. 또 다른 소설 《어린 왕자(Le Petit Prince)》는 어린이와 어른의 세대 간 장벽을 뛰어넘는 작품이다. 어느 시대, 어느 지역, 어느 문화권에 살고 있는 사람에게도 어렵지 않게 읽히는 책이다. 시간과 공간을 초월해 인류에게 꼭 필요한 교훈을 유산처럼 물려주고 있는 책이라고 예찬해도 지나침이 없을 것이다.

......

11 생텍쥐페리의 두 번째 소설이다. 1931년에 출판되었으며, 같은 해에 프랑스 문학상인 페미나상을 수상했다. 항공 우편 회사에서 조종사로 일했던 작가 자신의 경험에 바탕을 두고 있으며, 세계적인 베스트셀러가 되었다.

신학자 프랜시스 쉐퍼(F. A. Schaeffer)의 저서 《그러면 우리는 어떻게 살 것인가?》를 기억하는가? 이 제목과 같은 질문을 우리는 어린 왕자의 입을 통해 듣고 있다. 인생의 가치는 다양하지만 어떻게 살아야만 인간다운 '존재'의 가치와 삶다운 '삶'의 가치를 누릴 수 있을까? 어린 왕자는 이 문제에 대해 우리 스스로 해답을 내리도록 이끌어 준다.

어린 왕자는 자신의 '별'을 떠나 여러 별을 여행하며 다양한 사람들을 만난다. 그들이 별에서 하는 일은 제각기 다르다. 어린 왕자의 눈으로 바라본 그들의 인생은 바쁘기는 해도 부럽지는 않다. 어린 왕자가 기대하는 인간의 모습이 눈에 띄지 않는다. 모두 욕망의 노예로 살아가기 때문이다. 마음의 눈이 멀어 외적(外的) 조건에만 집착하는 사람들……. 어린 왕자의 마음을 헤아릴 수 없는 사람들…….

미국의 신학자이자 사회윤리학자 라인홀드 니부어(Reinhold Niebuhr)는 자신의 저서 《도덕적 인간과 비도덕적 사회》에서 돈(물질), 권력, 명예, 지식 등을 "도구적 가치"라고 명명했다. 이 "도구적 가치"는 "궁극적 가치"[12]를 위해 사용되어야 한다고 니부어는 생각했다. 니부어가 인생의 목표로 보았던 "궁극적 가치"는 사랑, 나눔, 상생, 공동의 행복과 같은 것이었다. 마르틴 부버가 바랐던 것처럼 나와 너 사이에 온 존재를 기울여 서로 돕고 섬기는 상호 관

• • • • • •

12　니부어는 "궁극적 가치"를 "보다 더 포괄적인 가치"라고 말한다. 반면에 "도구적 가치"에 대해서는 "직접적이고 덜 포괄적인 가치"라고 규정한다. (《도덕적 인간과 비도덕적 사회》, p. 236.)

☒ 라인홀드 니부어(1892~1971)

계를 이루는 것이 니부어에게는 궁극적 가치[13]였다고 해도 틀린 말은 아닐 것이다.

이 궁극적 가치를 실현하기 위해 선한 도구의 역할을 하는 것이 돈, 권력, 지식, 명예가 아닐까? 모두의 발전을 위한 지식, 모두의 평등을 위한 권력, 모두의 살림을 위한 돈이 아닐까? 그러므로 생텍쥐페리의 소설《어린 왕자》에서 돈, 권력, 지식, 명예를 얻기 위해 사람을 도구처럼 이용하는 속물들이 어린 왕자에게 외면을 당하는 것은 당연한 일이다. 소설에 등장하는 왕은 권력을 소유하려는 욕망의 덫에 걸려 '마음'의 눈이 멀었다. 허영심이 많은 남자는 명예를 소유하려는 욕망의 노예가 되어 마음의 눈이 어두워졌다. 사업가는 돈을 소유하려는 욕망의 감옥에 갇혀 마음의 눈이 감겼다. 지리학자는 지식을 소유하려는 욕망의 불길에 타올라 마음의 눈이 재가 되었다.

어린 왕자는 말한다. 사람보다 더 귀한 궁극적 가치는 없어요.

라인홀드 니부어의 가치론(價値論)을 통해 이 사람들의 인생을 비

••••••

13 니부어는 "궁극적 가치"를 "본질적인 도덕적 가치"로 보면서 "전통에 의해 답습된 도구적 가치"와 구분했다. (《도덕적 인간과 비도덕적 사회》, p. 238.)

판해 보자. 니부어의 눈에 비친 왕, 허영심이 많은 남자, 사업가, 지리학자는 가치가 전도된 기형적 인생을 살고 있다. "궁극적 가치"와 "도구적 가치"가 바뀌어 있는 것이다. 왕은 권력을 궁극적 가치로, 허영심이 많은 남자는 명예를 궁극적 가치로, 사업가는 돈을 궁극적 가치로, 지리학자는 지식을 궁극적 가치로 추구하고 있다. 이 사람들은 지식, 돈, 명예, 권력을 얻기 위해서라면 다른 사람들을 수단으로 이용하기를 주저하지

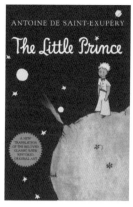

✖ 《어린 왕자》 영문판 표지

않는다. 자신의 성공에만 눈이 멀어 다른 사람의 행복에는 관심조차 없다. 조지 오웰의 소설 《동물농장》에서 절대 권력을 소유하기 위해 동물들을 도구로 이용했던 우두머리 돼지 나폴레옹과 다르지 않다.

어린 왕자의 맑게 빛나는 '마음'의 눈으로 바라본다면 가장 의미 있는 일을 하는 사람은 누구일까? 다섯 번째 별에 살고 있는 가로등을 켜는 사람이 아닐까? 그는 자신의 유익만을 위하는 것이 아니라 다른 사람의 편리와 안정을 위해서도 다른 일에 열중하는 사람이다. 또다시 라인홀드 니부어의 가치론에 비추어 본다면 가로등 켜는 사람은 어떤 일을 궁극적 가치로 추구하면서 살아가는 것일까? 그는 사람들에게 평안, 행복, 희망을 주는 참 아름다운 일을 궁극적 가치로 소중히 여기며 지금 이 시간에도 어둠의 흙 속에 빛의

씨앗을 심고 있지 않을까?

그러나 21세기 현대 사회에서도 왕, 허영심이 많은 남자, 사업가, 지리학자처럼 목표에만 집착하는 삶을 모범적 인생으로 착각하는 사람들이 적지 않다. 그래서 어린 왕자는 이 시대의 일반 대중에게도 충고의 메시지를 보내고 있다고 말할 수 있다. "사람보다 더 귀한 궁극적 가치는 없습니다"라고.

소설《어린 왕자》는 시대와 문화의 차이를 초월해 보석 같은 교훈을 전 세계의 후손들에게 값진 유산으로 물려주고 있다.

"마음으로 보아야 잘 보인단다.
가장 중요한 것은 눈에 보이지 않는단다."

– 생텍쥐페리의 《어린 왕자》 중에서

베르톨트 브레히트의
《사천의 착한 사람》

베르톨트 브레히트(1898~1956)

선한 사람의 '땀'이
많은 사람의 허기를 채워 주는 따스한 '밥'이 되려면
'땀'의 가치를 값없이 만드는 사회가 사라져야 합니다.
한 방울의 '땀'이
한 알의 '쌀'로 거듭나는 세상을 열기 위해서는
'땀' 흘리는 자의 손을 잡으세요.
그의 손을 여러분을 돕는 손이라고 생각하세요.
한 그릇의 '밥'이
한 사람의 '희망'이 되는 사회를 열기 위해서는
'땀' 흘리는 자의 인생을 배우세요.
그의 인생을 여러분을 인도하는 길잡이라고 생각하세요.

– 현대인에게 주는 베르톨트 브레히트의 편지

모두의 행복을 바라는 자의 절규
- 베르톨트 브레히트의《사천의 착한 사람》

서사극이라는 새로운 형식을 통해 비판의식을 일깨운 브레히트

독일의 아우크스부르크에서 태어난 베르톨트 브레히트(Bertolt Brecht)는 '서사극(敍事劇)'[14]이라는 현대 연극의 양식을 창조해 유럽 연극 발전에 크게 기여했다. 아돌프 히틀러의 독재 시절엔 세계 곳곳에서 망명 생활을 하기도 했는데, 특히 미국에서 체류하는 동안 미국의 연극계에도 적지 않은 영향을 주었다. 희곡 작가, 연극 이론가, 연극 연출가, 시인, 소설가 등 문학예술의 거의 모든 분야에서 전문가의 역량을 발휘한 대가(大家)였다.

20세기 최고의 문예비평가로 꼽히는 죄르지 루카치(Gyorgy Lukacs)와의 문학 논쟁, 〈살아남은 자의 슬픔〉, 〈서정시를 쓰기 힘

......

14 환상적인 사건 진행을 통해 관객의 카타르시스를 유도하고 관객과 극중 인물과의 감정 교류와 공감을 중시하는 것이 아니라, 관객의 사회적 인식을 일깨우는 사회비판적·교육적 기능을 중시하는 연극이다. 브레히트가 주창하고 실천한 연극 이론과 연극 양식이다.

든 시대〉, 〈후손들에게〉 등 히틀러 시대의 어두운 정치를 비판했던 저항시, 서사극의 모델로 유명한 〈사천의 착한 사람〉, 〈서푼짜리 오페라〉, 〈억척 어멈과 그 자식들〉 등의 희곡 작품은 그를 20세기 독일어권 지역의 대표적 작가로 자리매김하게 했다. 그의 서사극 이론과 서사극적 희곡은 한국의 극작가들과 연극인들에게도 영향을 주었다. 이들의 연극에서 발견되는 역사의식, 현대사회의 병리현상에 대한 비판의식, 관객의 능동적 참여를 유도하는 연출기법 등은 브레히트에게서 받은 영향의 결과물이라고 할 수 있다.

브레히트는 가난한 사람들의 삶을 향한 관심을 저버린 적이 없었다. 그의 문학 작품과 연극예술에는 언제나 소외된 사람들과 소통하려는 노력이 오롯이 담겨 있었다. 그렇다면 가난으로 언제나 생계를 염려하는 사람들이 문학 작품을 읽거나 연극을 관람할 여유가 없다는 것을 브레히트는 몰랐을까? 그것을 모른다면 작가로서의 자격이 없다고 보아도 좋을 것이다. 그가 문학과 연극을 통해 사회를 변화시킬 수 있다고 확신하는 데엔 그럴 만한 이유가 있었다. 그는 작가와 민중과의 연대를 믿고 있었기 때문이다. 브레히트의 생각을 들어보자.

"극장 안에서만 연극을 경험할 수 있는 것은 아닙니다. 우리가 살아가는 인생의 현장은 연극의 상연이 멈추지 않는 상설 극장입니다."

소외된 사람들의 삶 속에 작가가 뛰어들어 그들과 대화를 나누면서 드라마의 등장인물과 사건 진행에 관해 이야기한다고 가정해보자. 그들은 작가와의 대화 속에서 연극을 간접적으로 체험하게되고, 연극이라는 거울을 통해 사회를 돌아보게 된다. 작가는 자신의 언어행위를 통해 그들의 의식을 일깨울 수 있다. 작가가 그들과의논해 연극 무대를 그들의 생계 현장으로 옮겨 놓고 그들에게 배우의 역할을 맡기며 직접 그들의 연기를 지도한다면, 의식의 각성효과는 더욱 커질 수 있다. 그들은 삶의 현장에서 연극이라는 거울을 통해 '우리 사회 속에는 무언가 잘못된 것들이 많다'는 것을 구체적으로 알게 된다.

현실을 인식하게 된 민중 공동체는 사회의 모순과 부조리를 비판하는 자리에 설 수 있다. 이를 통해 개혁의 주체가 될 수 있다. 연극 이론가 폴커 클로츠(Volker Klotz)의 연극개념에 비추어 본다면, 브레히트의 서사극은 폐쇄형 연극이 아니라 '개방형 연극' 혹은 '열린 연극'이다. 연극이 삶의 현장과 부단히 소통하고 있기 때문이다. 마르틴 부버의 말을 빌려 표현한다면 연극과 삶은 "나와 너"의 "상호 관계"를 이루고 있다.

현대 연극의 새로운 지평을 열었던 브레히트의 서사극은 '열린 연극'의 요소들을 풍부하게 갖추고 있다. 서사극은 관객, 서민, 소외계층과 드넓은 소통의 마당을 공유하고 있다. 브레히트의 글 〈오페라에 대한 주석〉을 읽어 보면, 서사극이 전통극에 비해 얼마나 개방적인지를 알 수 있다. 그리스 비극이나 고전주의 연극과 같은 전통극에서 관객은 배우의 대사와 연기에 자신의 감정을 전폭적으로 의탁한다. 판단과 비판의 능력을 상실하면서 수동적 인간으로 고정된다. 그러나 서사극에서는 관객이 배우의 대사와 연기를 비판하기도 하고, 배우의 행동에서 드러난 사회의 모순들을 개선하겠다는 의지를 갖게 된다. 서사극의 관객은 능동적 인간으로 변해 간다.

브레히트의 서사극을 특징짓는 핵심적인 요소는 '낯설게 하기[15] 효과(Verfremdungseffekt)'다. '낯설게 하기 효과'는 관객이 무대 위에서 벌어지는 사건을 당연하게 받아들이지 않도록 거리감을 갖게 만드는 장치다.

"아니야, 연기하는 사람은 저 사건이 진실인 것처럼 말하고 있는데, 진실이 아닌 것 같아. 우리는 지금까지 그것을 진실인 것처럼 믿어 왔는데, 다시 생각해 보니까 그 믿음은 우리가 물려받은 관습일 뿐이야."

위의 예문처럼 '낯설게 하기 효과'는 관객으로 하여금 일상적이고 상식적인 것을 부정하게끔 유도한다. 관객의 놀라움과 호기심

....

15 독일의 극작가 베르톨트 브레히트가 주장한 것으로, 낯익은 것들의 새로운 측면들을 밝혀내 현실을 상기하기 위해 일상적인 사물들과 자기 자신을 객관적 시각으로 바라보는 것을 말한다. '낯설게 하기'는 원래 러시아 형식주의자들이 처음으로 사용한 용어인데 문학적 장치에 한정적으로 사용되기보다는 문학이나 예술 일반의 기법과 관련된 용어라 할 수 있다.

을 불러일으키며, 관객의 새로운 인식을 형성케 한다. 관객으로 하여금 기존의 사실과 통념을 의심하게 하고, 잘못된 가치관과 세계관을 극복케 하며, 왜곡된 사회 구조를 개혁할 수 있도록 동기를 부여한다. 전통극에서 관객이 배우의 연기 속에 감정적으로 빨려들어가게 되는 요인들 중 하나는 무대와 객석의 분리다. 무대의 전면에 막을 쳐 놓고, 막이 올라가더라도 배우가 등장하기 전에는 모든 불을 꺼서 무대 전체를 어둡게 만든다. 이러한 장치 때문에 관객은 환상 속으로 몰입하게 된다. 배우의 행동을 지켜보기도 전에 관객은 이성적 인식능력과 판단능력을 빼앗기기 쉽다.

서사극에서는 관객이 연극적 '환상' 속에 몰입하는 것을 방지하기 위해 무대와 객석의 불을 환하게 켜 놓는다. 무대에는 막을 치지 않는다. 막을 치더라도 막이 투명해 무대장치를 감지할 수 있다. 연극이 시작되기 전부터 무대와 객석은 분리되지 않고 열려 있다. 배우들의 대기석을 어느 정도 노출시켜 배우들이 무엇을 준비하고 있는지를 관객에게 미리 알려 주기도 한다. 이것을 통해 관객은 무대 위에서 벌어질 사건과 행동을 예측하게 된다. 충분한 거리감을 갖고서 사건을 분석하고 논증할 준비를 갖추게 되는 것이다. 연극이 시작된 후, 배우들은 무대 위에서 자기들끼리 대사를 주고받다가 한 배우가 갑자기 객석을 향해 몸을 홱 돌리고 관객에게 사건 진행의 상황을 설명하거나 해설해 준다. 관객에게 노래를 불러 줌으로써 사건의 맹점을 인식하게 만들고, 사건의 진실을 판단하게 만든다. 이 모든 장치는 관객을 관찰자, 판단자, 비판자, 비교자, 개혁자로 변화시키려는 서사극의 '낯설게 하기 효과'라고 할 수 있다.

　전통극에서는 사건을 암시하는 수단이 자주 사용된다. 이 암시적 기법에 끌려가다 보면 무대 위의 사건을 의심 없이 긍정하게 되고, 그 사건을 당연한 관습처럼 받아들인다. 그러나 서사극에서는 사건을 '논증'하는 수단이 자주 사용된다. 즉, 관객으로 하여금 사건의 발생 원인을 인식, 분석, 규명하게 만들고 관객의 삶 속에서 그것과 유사한 사건이 재발되지 않도록 개선 방안을 찾는 것을 가능하게 한다.

　소포클레스(Sophocles)[16]의 희곡 〈오이디푸스 왕〉의 주인공 오이디푸스처럼 전통극의 등장인물은 연극의 처음부터 마지막까지 고정불변의 성격을 가진 인간이다. 단선적이고 전형적인 인물이다. 그러나 서사극의 등장인물은 가변적이다. 브레히트의 대표적 희곡 《사천의 착한 사람(Der gute Mensch von Sezuan)》의 등장인물 센테처럼 인물의 성격은 사회적 상황과 환경에 따라 불규칙적으로 변화한다. 착한 사람인 센테가 악한 사람인 슈이타로 변해 가는 장면은 사회적 상황이 인간의 성격과 행동을 규정한다는 브레히트의 생각을 말해 준다.

· · · · · · ·

16　그리스 3대 비극 작가 중 한 사람. 그리스 비극의 완성자. 123편의 작품을 썼고 비극 경연대회에서 18회나 우승했다. 현재 전하는 작품으로는 〈안티고네〉, 〈엘렉트라〉, 〈오이디푸스 왕〉 등이 있다.

상황과 환경의 중요성을 보여 주는 연극 〈사천의 착한 사람〉

사람의 의식이 환경과 상황을 결정하는 것이 아니라 상황과 환경
이 사람의 의식을 결정한다는 브레히트의 세계관은 유물론과 카
를 마르크스의 사상에 토대를 두고 있다. 한 사람이 건강한 생각의
소유자가 되기 위해서는 그 사람의 인권을 억압하고 생존권을 착
취하는 사회 구조를 개혁해야만 한다는 것이다. 센테가 착한 마음
의 소유자로서 변함없이 살아가기 위해서는 그의 노동의 힘, 노동
의 대가, 노동의 시간을 착취하는 사회적 환경과 사회적 상황을 개
선해야만 한다는 것이 〈사천의 착한 사람〉을 움직이는 브레히트의
세계관이다. 전통극을 지켜보는 관객이 배우의 대사와 연기에 감
정적으로 끌려가다 보면 연극 무대에서 나타나는 동시대의 사회체

✖ 베르톨트 브레히트의 대표작 〈사천의 착한 사람〉의 공연 장면. 슈이타로 변한 센테(왼쪽).

제를 그대로 인정하게 된다. 결국 사회체제에 무기력하게 순응할 수밖에 없다. 그러나 서사극을 지켜보는 관객은 기존의 사회체제를 극복할 수 있는 대안체제 혹은 대안사회를 모색하게 된다. 그리고 좀 더 적극성을 갖게 되면 그런 대안사회를 건설하기 위해 혁명에 가까운 혁신운동을 전개할 수 있는 것이다.

중국의 '사천(四川, 쓰촨)'은 2008년 대지진으로 세계인들의 기억 속에 깊이 각인된 곳이다. 브레히트의 드라마 〈사천의 착한 사람〉에서 '사천'은 사회주의 국가의 일부가 아니라 수많은 모순과 폐단을 안고 있는 자본주의 사회의 모델로서 모습을 드러낸다. 이 드라마는 한국의 연극 무대에서도 여러 차례 공연되었다.

브레히트는 무대와 객석, 연극과 사회 사이에 거리감을 조성하고 있다. 무엇을 위한 거리감일까? 관객이 감정의 늪에 빠져서 이성적인 판단 능력을 잃어버리는 것을 막기 위한 장치다. 배우는 관객의 판단과 비판을 유도하기 위해 관객에게 수시로 말을 걸어 대화를 시도한다. 무대와 객석을 분리하지 않으면서도 관객이 자신의 사회(세계)와 연극을 구분해 바라볼 수 있도록 돕고 있다. 이 구분은 무엇을 겨냥하고 있을까? '연극은 연극이고 사회는 사회다'라는 의식을 관객이 갖게 된다면, 배우의 연기에 감정적으로 휩쓸리지 않으면서 적절한 거리감을 갖고 배우의 대사와 행동을 관찰할 수 있다. 관객은 배우의 연기에서 나타나는 비인간적 언어와 반사회적 행동을 비판할 수 있게 된다.

배우와 관객, 무대와 객석 사이의 소통을 유지하면서도 연극과 사회를 구분해 바라보게 하는 것은 '연극'이라는 거울에 관객의 사회적 현실을 비추어 보려는 의도가 깔려 있다. 관객에게 의사의 역할을 맡기고 이성의 청진기로 사회적 현실의 병인(病因)들을 진단해 보도록 유도하는 것이다. 무대 위에 올려진 상황을 관객이 당연한 현실로 받아들이지 않고, 자신이 처한 사회적 상황과 비교함으로써 비판의식을 갖게 하려는 브레히트의 의도를 읽을 수 있다.

〈사천의 착한 사람〉을 관람하던 관객들은 감상자가 아니라 관찰자로, 이해자가 아니라 판단자로, 공감자가 아니라 비판자로, 수용자가 아니라 비교자로, 수긍자가 아니라 개혁자로 바뀌어 간다. 연극 〈사천의 착한 사람〉에 등장하는 배우들의 대화, 해설, 노래는 쉴 새 없이 관객의 관찰, 인식, 판단, 비판, 비교, 개혁의 의지를 자극하는 '서사극'의 연극적 장치들이다.

《사천의 착한 사람》을 통해 브레히트는 절대적 '선(善)'이란 존재하지 않는다는 사실을 말하고자 한다. 그는 평소에 "사유가 존재를 규정하는 것이 아니라 사회적 존재가 사유를 규정한다"고 말해 왔다. 그의 발언은 사회적 상황과 환경이 인간의 성격과 행동을 규정한다는 의미다. 초기 자본주의 사회의 공간으로 등장하는 '사천'에서 '선'은 자본의 척도에 따라 평가된다. '선'을 지지하는 종교의 계명과 나라의 법(法)도 자본의 위력 앞에서 힘을 잃는다. 브레히트는 선한 마음씨를 갖고 있는 사람조차도 선한 행위를 할 수 없게 만드는 사회의 구조적 모순을 고발하고 있다. 센테의 말을 통해 고발의 내용을 들어보자.

"선량한 사람들은 우리 나라에선 오래 선할 수 없어요. 접시가 빈 곳에서는 먹는 이들이 싸움판을 벌여요. 아, 신들의 계명은 궁핍에는 도움이 안 되어요. 왜 신들은 우리의 장터에 나타나지 않나요? 빵과 포도주로 힘을 얻은 인간들이 서로 친절하고 화목하게 지내도록 해주지 않나요? (그녀가 슈이타의 가면을 쓰고 그의 목소리로 노래를 계속한다.) 점심을 한 끼 먹기 위해서는 보통은 제국이라도 건설할 가혹한 힘이 필요합니다. 열둘을 짓밟지 않고는 아무도 빈곤한 자 하나를 도울 수 없어요."

사천의 다른 시민에 비해 상대적으로 착한 사람인 센테조차도 물질의 빈곤 때문에 전혀 다른 성격의 사람으로 변화된다. 드라마의 후반부에서 센테는 '슈이타'의 모습으로 변해 빈민을 가혹하게 다룬다. 브레히트는 센테의 성격 변화를 통해 그녀에게 돌을 던지는 것이 아니라 '선을 행하고 싶어도 행할 수 없게 만드는' 불합리한 사회를 향해 비판의 돌을 던지는 것이 아닐까? 불평등한 사회 구조를 개혁하지 않는다면, 선인을 악인으로 타락시키는 현실이 계속될 것임을 경고하는 것이 아닐까?

한국을 포함해 세계 각국의 연극 무대 위에 올려진 브레히트의 희곡 〈사천의 착한 사람〉. '사회주의'적 세계관을 반영한 작품이지만, 자본주의 사회에서 살고 있는 한국인들에게도 각성의 빛을 던져 준다. 우리는 이 작품에서 가난으로 소외된 사람들을 도우려는 착한 마음의 소유자가 자신의 이타적 가치관을 변함없이 실천할

✖ 독일의 유명 출판사 쥬어캄 프에서 출간된 브레히트의 희곡 《사천의 착한 사람》 표지.

수 있도록 그의 권익을 지켜 주는 사회 구조의 확립이 필요함을 깨닫게 된다.

소외된 자들을 돕고 싶어도 불합리한 사회 구조 때문에 타인을 돕는 힘을 잃어버리고 점점 더 소외의 늪으로 빠져드는 '센테' 같은 사람들. 그들이 흘리는 땀방울 전체가 소수의 탐욕을 채워 주는 도구로 이용당하지 않고 다수의 허기를 채워 주는 따스한 '밥'이 되기를 바란다. 한 방울의 땀이 한 알의 '쌀'로 거듭나는 세상이여! 한 그릇의 '밥'이 한 사람의 희망이 되는 사회여!

"점심을 한 끼 먹기 위해서는
보통은 제국이라도 건설할 가혹한 힘이 필요합니다."

– 베르톨트 브레히트의 《사천의 착한 사람》 중에서

헤르만 헤세의
《데미안》과《나르치스와 골드문트》

헤르만 헤세(1877~1962)

이성과 감성의 하모니를 자아내는
인생의 음악을 연주하기 위해서는
내면의 악보에 그려 넣을 음표가 필요합니다.
그 3화음의 음표는 책, 자연, 예술입니다.

책은 무지(無知)의 알을 깨뜨리는 힘을,
자연은 욕망의 알을 깨뜨리는 힘을,
예술은 고정관념의 알을 깨뜨리는 힘을
여러분에게 선사할 것입니다.

새롭게 태어나는 것을 두려워하지 마세요.
세 친구의 도움에 의지해
알의 껍질을 부수고 성숙의 하늘로 날아오르세요.

－ 현대인에게 주는 헤르만 헤세의 편지

알의 껍질을 부수고 성숙의 하늘로
– 헤르만 헤세의 《데미안》과 《나르치스와 골드문트》

독립적 자의식이 살아 숨 쉬는 헤세의 작품들

요한 볼프강 폰 괴테와 함께 독일 문학을 대표하는 작가로 추앙받는 헤르만 헤세(Hermann Hesse). 1946년 그에게 노벨 문학상의 영예를 안겨준 《유리알 유희(Das Glasperlenspiel)》를 비롯해 헤세의 문학 작품들은 세계인들에게 가슴 벅찬 감동과 신선한 깨달음을 선사해 왔다. 인간, 자연, 사회, 시대, 역사에 대한 섬세한 이해와 폭넓은 지식이 문학 작품 속에 살아 있기 때문이다. 13세의 어린 나이에 헤세는 "작가 이외엔 아무것도 되고 싶지 않다"고 결심했다. 선교사인 아버지의 강요로 14세에 마울브론 수도원 학교에 입학했지만 이듬해 2월 학교를 탈주할 수밖에 없었던 것도 작가가 되겠다는 결심 때문이었다.

그의 내면에서 펼쳐진 독립적 자의식(自意識)의 날개는 부모의 편견적 희망과 집안의 관습적 가치관을 알의 껍질을 부수듯 산산이 깨고 마침내 자아실현의 하늘길로 날아오른다. 소설 《데미안

(Demian)》에서 알을 깨고 비상하는 주인공 싱 클레어의 모습은 권위적 편견과 인습적 강요의 사슬을 끊고 가장 인간다운 인간의 길을 선택한 헤세의 독립적 자의식을 상징하고 있다.

"새는 알에서 나오려고 투쟁한다. 알은 새의 세계다. 태어나려고 하는 자는 하나의 세계를 깨뜨려야 한다."

－《데미안》 중에서

✖ 헤르만 헤세의 대표적 소설 《데미안》의 표지. 알을 깨고 나오는 싱클레어의 모습이 선명하다.

《데미안》에서 독립적 자의식의 길을 열어 갔듯이 우리 젊은이들도 지성의 길을 걸어가 보는 것은 어떨까? 기성세대의 교육 패러다임과 교육 방법론에 비판적으로 대응하면서 폭넓은 책읽기와 열정적 글쓰기를 통해 자아실현의 여행길을 열어 나갔던 헤르만 헤세의 인생을 오늘의 젊은이들이 귀감으로 삼는 것은 어떨까?

교육 체계의 일방성과 교육 방법론의 획일성은 학생의 이성과 감성 사이에 심각한 불균형을 초래해 결국 정신적 성숙의 길을 방해한다. 그것을 고발한 소설이 《수레바퀴 아래서(Unterm Rad)》라면, 소설 《나르치스와 골드문트(Narziß und Goldmund)》에서는 '나' 자신이 교육의 주체가 된다. 나르치스가 상징하는 '나'의 이성과 골드문트가 상징하는 '나'의 감성이 교육의 대상이 된다. '나' 자신의 이성과 감성을 성장시키는 '주체적 능동형 교육'의 길을 스스로 열어 간다. 성찰과 공감의 과정을 통해 이성과 감성의 상호 보완을 이끌어냄으로써 '자아실현'이라는 비전의 빛을 향해 가까이 다가서는 젊은이의 발전 과정이 펼쳐진다.

이제는 한국의 젊은이들이 헤세의 소설을 영혼의 청량제로 삼아 잠들어 있는 이성과 감성을 깨울 때가 아닐까? 깨울 수 있는 명약이 있다면 그것은 무엇일까? 또한 이성과 감성의 하모니를 자아내는 인생의 음악을 연주하기 위해 내면의 악보에 그려 넣을 음표는 무엇일까? 헤세가 문학 작품을 통해 보여 준 '나' 자신에 대한 능동적 교육에는 분명한 교육매체가 있었다. 책, 예술, 자연이 바로 그것이다. 그것은 헤세 스스로 선택한 교육매체였다. 이는 헤세가 생존했던 반세기 이전의 시대와 헤세가 활동했던 독일 문화권의 경계를 초월해 21세기 한국의 젊은이들에게도 자아 발견의 각성제로 활용할 수 있다.

헤세의 통섭은 방대한 독서에서 비롯되었다

책, 예술, 자연은 이 시대를 살아가는 모든 젊은이에게 '자아실현'이라는 걸작을 낳는 '인생악보'의 음표가 될 수 있다. 그중에서도 젊은이들에게 친구처럼 가까운 교육매체는 바로 '책'이다. 그렇다면 헤세의 문학인생에 끼친 '책'의 영향은 어떠했을까? 헤세가 직접 체험한 책읽기의 생활방식을 오늘날 젊은이들의 독서문화로 삼아 보는 것은 어떨까?

소설 《싯다르타(Siddhartha)》를 비롯한 헤르만 헤세의 여러 작품에는 서양과 동양의 문화적 경계를 넘나드는 폭넓은 문화적 지식이 담겨 있다. 이는 그가 다양한 책을 섭렵했음을 의미한다. 유명한 철학박사이자 인도학자였던 외할아버지 헤르만 군더르트(Hermann Gundert)의 서재는 세계 각국의 문학 작품들로 가득 차 있었다. 헤세는 외할아버지의 서재에서 문학을 사랑하는 소년이 되었다. 그러나 그의 책읽기는 문학만이 아니라 인문과학의 다양한 분야를 누볐다. 헤세는 문화, 자연, 인간, 예술에 대한 이해력이 넓고 깊은 것으로 정평이 나 있는데, 이처럼 심원한 이해력은 폭넓은 독서의 소산이다. 그는 문학, 신학, 철학, 심리학, 역사학, 종교학 등 인문과학의 명저들뿐만 아니라 사회과학과 자연과학의 명저들까지도 섭렵했다. 독서의 편식을 거부하고 서로 다른 분야의 책과 지식을 '통섭'하는 헤세의 독서문화는 그를 작가의 길로 이끈 결정적 이정표가 되었다. '통섭'의 의미를 시사하는 나르치스의 이야기를 들어보자.

"우리의 목표는 상대방의 세계로 넘어 들어가는 것이 아니라 서로를 인식하는 거야. 상대방을 있는 그대로 지켜보고 존중해야 한단 말이야. 그렇게 해서 서로가 대립하면서도 보완하는 관계가 성립되는 것이지."

－《나르치스와 골드문트》중에서

❋ 가이엔호펜(Gaienhofen)에 있는 헤르만 헤세 박물관에 소장된 그의 유물들. 그가 창작하던 책상, 그가 사용하던 타자기, 그의 삶을 담은 사진들.

　헤세의 작가 생활에 결정적 자양분을 제공했던 '통섭'의 책읽기를 젊은이들도 독서문화로 본받는 것은 어떨까? 특히 대학생들은 전공 분야에만 갇혀 있지 말고 비전공 분야의 양서들도 폭넓게 읽으면서 서로 다른 학문들 사이의 접점을 찾아보자. 다양한 학문들 사이의 상호 관계를 형성해 나가는 '통섭'의 책읽기를 대학생의 독서문화로 받아들여 보자.

　역사학자 아널드 토인비는 학생 시절 '그리스 시인'이라는 별명답게 그리스어로 시를 즐겨 썼다고 한다. 독일 문학에도 밝았던 그는 괴테의 《파우스트》를 읽으며 악마 메피스토펠레스의 도전에 대한 파우스트 박사의 응전을 발견하는 순간, 역사를 "도전과 응전의 연속"으로 규정했다. 토인비의 명저 《역사의 연구》는 문학과 역사학 간의 '통섭'이 맺은 결실이었다.

이제는 한국의 젊은이들이 헤르만 헤세가 열어 놓은 '통섭'의 독서문화 속에서 나르치스가 이끄는 지성의 길을 걸어가 보자. 골드문트가 선사하는 예술의 빛과 자연의 향기를 마시며 통섭적 책읽기를 '나' 자신의 독서문화로 받아들이는 나르치스의 지성을 젊은이들에게 기대해 본다.

"새는 알에서 나오려고 투쟁한다.
알은 새의 세계다.
태어나려고 하는 자는 하나의 세계를 깨뜨려야 한다."

— 헤르만 헤세의 《데미안》 중에서

제4장

문학 분야의 명저 이야기
- 시 -

호메로스의
〈일리아스〉와 〈오디세이아〉

호메로스(?~?)의 흉상

꿈이 클수록 비웃음도 많습니다.
그러나 꿈을 포기하지 마십시오.
꿈을 이루는 순간
조롱은 어느새 존경으로 바뀔 것입니다.

- 트로이 유적을 발굴한 하인리히 슐리만의 편지

세대를 초월한 서양의 잠언적 서사시
– 호메로스의 〈일리아스〉와 〈오디세이아〉

영감의 원천이자 보고 〈일리아스〉와 〈오디세이아〉

호메로스(Homeros)는 기원전 9세기 혹은 기원전 8세기경 지금 터키의 서부 해안 이오니아 지역에서 활동했던 것으로 추정되는 시인이다. 그의 인생에 관련해 남아 있는 기록이 없는 까닭에 실존 인물이 아니라는 의견이 제기되어 왔다. 만약 실존 인물이었다 해도 음유시인이나 이야기꾼이었을 가능성이 크다. 당시는 종이가 발명되지 않았고, 기록문화가 생겨나기 이전의 시대였기 때문에 아무리 훌륭한 이야기라 할지라도 대부분이 구전으로 전해졌다. 이렇게 구전의 경로를 통해 계속 변형되어 온 탈문자(脫文字)의 작품이 바로 민담(民譚)이다.

호메로스가 지은 작품으로 알려진 〈일리아스(Ilias)〉와 〈오디세이아(Odysseia)〉도 민담의 형태로서 수많은 이야기의 변형물을 낳았다. '일리아스'와 '오디세이아'라는 똑같은 제목을 갖고 있어도 조금씩 다른 이야기들이 여기저기에서 떠돌다가 문자의 형태로 목판에 새겨졌다. 그리하여 이야기의 종류만큼이나 많은 문자 텍스트가 생겨나게 되었다.

그러던 중 기원전 2세기 알렉산드리아의 학자인 아리스타르코스(Aristarchos)가 각 지역에서 떠도는 수많은 문자 텍스트를 모아 하나의 교정본 텍스트를 만들었다. 아리스타르코스가 양피지에 필사(筆寫)한 이 통합본 텍스트는 그로부터 약 1,600년이 지난 서기 1488년에 구텐베르크의 인쇄술에 힘입어 오늘날과 같은 책의 형태로 바뀌었다고 한다. 만약 호메로스를 실존 인물로 인정한다면, 그는 서양 최초의 문학 작품을 지은 시인이 된다. 이야기를 문자로 기록하지 않은 음유시인이라고 할지라도 그의 이야기는 서사시의 근원으로서 손색이 없다. 그리스와 트로이를 중심으로 에게 해를 거쳐 소아시아 지역에 이르는 고대문명의 찬란함과 장엄함이 영화 〈트로이〉의 스펙터클처럼 생생히 펼쳐진다.

1,000척의 전함을 타고 바다를 건너온 10만 명의 그리스 연합군을 맞아 일리오스 성을 지켜내기 위해 사투를 벌이는 트로이 군대의 결사 항전은 때로는 감동적으로, 때로는 안쓰럽게 다가온다. 그리스 연합군의 용사 아킬레우스와 트로이의 왕자 헥토르가 벌이는 혈투를 비롯해 영웅호걸들의 호쾌한 무용담이 독자의 읽는 맛을 더해 준다. 피보다 더 진해 보이는 파트로클로스와 아킬레우스의 우정은 읽는 이의 가슴에 감동의 눈물을 적셔 준다. '목마'의 지혜로운 계략으로 트로이 정벌에 결정적인 공을 세운 오디세우스가 트로이 원정을 마치고 고향 이타카로 돌아오는 바닷길에서 만나는

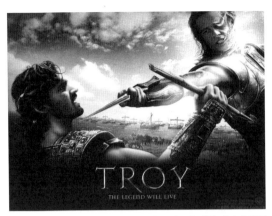

✖ 아킬레우스와 헥토르의 대결. 브래드 피트와 에릭 바나가 열연한 영화 〈트로이〉의 한 장면.

모험의 파노라마는 상상의 한계를 초월하는 판타지의 세계로 읽는 이를 초대한다.

〈일리아스〉와 〈오디세이아〉. 이 두 작품은 교양의 보물창고이기도 하다. 읽는 사람에게 방대한 지식을 선사하기 때문이다. 이 책을 통해 흥미진진한 그리스 신화의 이야기들을 만나게 된다. 또한 호메로스의 서사시와 그리스 비극과의 연관성을 알게 된다. 소포클레스의 〈엘렉트라(Elektra)〉, 에우리피데스(Euripides)[1]의 〈타우리케의 이피게네이아(Iphigeneia en Taurois)〉, 아이스킬로스(Aeschylos)[2]의 〈오레스테이아 3부작(Oresteia Trilogy)〉을 비롯한 그리스 비극 작품들의 소재가 호메로스의 서사시에 근원을 두고 있음을 알 수 있다.

⋯⋯⋯

1 　고대 그리스의 3대 비극 작가 중 한 사람. 92편의 작품을 썼고 〈키클로프스〉를 비롯한 19편의 작품이 전해지며 〈Ion〉은 그의 작품 중 걸작으로 꼽힌다. 아이러니를 내포한 합리적인 해석과 새로운 극적 수법으로 그리스 비극에 큰 변모를 가져왔다.
2 　그리스 3대 비극 작가 중 한 사람. 90여 편의 작품을 썼으며 오늘날 전해지는 작품은 7편뿐이다. 〈오레스테이아 3부작〉은 아이스킬로스의 가장 유명한 작품인 동시에 3부작의 형태로 지어진 그리스 비극 중에서는 유일하게 거의 완전한 형태로 전해지는 작품이다.

또한 작중인물(作中人物)의 이름과 성격에서 유래된 명칭들도 알게 된다. '아킬레스건'이란 말을 한 번쯤은 들어 보았을 것이다. 사람마다 갖고 있는 각자의 치명적 약점을 뜻하는 이 명칭은 〈일리아스〉에 등장하는 그리스 연합군의 용사 아킬레우스의 발뒤꿈치에서 비롯된

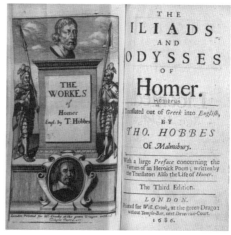

✖ 1686년 토머스 홉스(Thomas Hobbes)가 번역한 영문 제3판 《일리아스》와 《오디세이아》

말이다. 일상생활에서 흔히 듣는 '사이렌'이라는 말은 경보음을 뜻하는데, 〈오디세이아〉에서 신비한 노래로 유혹해 뱃사람들을 파멸시키는 요정의 이름이다.

오디세우스는 트로이 원정을 떠나기 전에 자신의 절친 멘토르에게 아들 텔레마코스와 아내 페넬로페, 집안의 모든 일을 맡기며 아들을 훌륭한 인물로 교육해 줄 것을 부탁했다. 현대인들의 뇌리에 스승의 대명사로 각인된 '멘토'라는 말은 바로 오디세우스의 친구인 멘토르에서 유래되었다. 일대일 교육을 의미하는 교육학 용어 '멘토링'도 이 멘토르란 이름에서 유래되었다. 이렇게 다양한 지식과 상식을 얻을 수 있는 '교양의 보물 창고'가 바로 호메로스의 〈일리아스〉와 〈오디세이아〉다.

하인리히 슐리만(1822~1890)

이 두 작품은 역사학과 고고학의 발전에도 많은 영향을 주었다. 독일이 낳은 세계적 고고학자 하인리히 슐리만(Heinrich Schliemann)은 어린 시절 아버지에게서 들은 〈일리아스〉 이야기에 심취했다. 그는 아버지의 크리스마스 선물인 《어린이를 위한 세계사》를 읽고 트로이 유적을 발굴하겠다는 꿈을 갖게 되었다. 거상이었던 슐리만은 〈일리아스〉의 역사적 가치를 증명하기 위해 1863년 모든 상업활동을 중단한 채 발굴 작업을 시작했다. "문학의 이야기를 역사적 사실로 믿다니? 정신 나간 사람 아냐?"라고 많은 사람이 그의 계획을 비웃었다. 그러나 끝내 꿈을 포기하지 않았던 슐리만은 마침내 1873년 자신이 트로이 전쟁의 현장이라고 믿었던 프리아모스 왕의 유적지와 유물을 발굴하는 쾌거를 이루었다. 〈일리아스〉에서 장엄하게 펼쳐진 서사시의 공간은 슐리만의 꿈과 집념에 의해 고고학적으로 증명되어 역사적 현장의 의미를 갖게 되었다.

그 후에도 수많은 역사학자와 고고학자에게 고대의 문명사(文明史)에 관한 탐구의 열정과 지식의 깊이를 제공했다는 점에서 호메로스의 서사시는 서양의 인문학 발전에 크게 기여했다고 평가할 수 있다.

✖ 슐리만이 발굴한 트로이의 유적

진정한 리더십을 보여 주다

아킬레우스, 오디세우스, 아가멤논, 헥토르 등 〈일리아스〉와 〈오디세이아〉에 등장하는 영웅들은 완벽한 존재가 아니다. 아킬레우스처럼 결정적인 약점도 있고, 성격의 결함도 갖고 있다. 생로병사와 희로애락을 겪는다는 점에서는 다른 사람들과 다르지 않다. 인간의 한계를 고스란히 안고 있는 그들이 진정한 '영웅'의 칭호를 받을 수 있는 이유는 그들의 권력, 육체적 힘, 전쟁 능력, 용병술 때문이 아니다. 자신들의 한계를 극복하려는 불굴의 의지로 슬픔, 두려움, 폭력에 맞서 싸우며 인생의 세파를 헤쳐 나갔기 때문이다. 한계의 장벽을 넘어서기 위해 최후까지도 최선을 다했다는 점에서 그들은 충분히 '영웅'의 칭호를 받을 자격이 있다. 그들을 "자신과의 싸움에서 승리한 영웅들"이라고 불러도 좋지 않을까?

〈일리아스〉와 〈오디세이아〉가 리더십의 지침서로도 손색이 없는 까닭이 바로 여기에 있다. 고난의 풍파를 맞아 금방이라도 가라앉을 것만 같은 공동체의 돛배를 지도자가 어떻게 행복의 해안으로 이끌어 가는지를 보여 주기 때문이다. 동지들을 아끼는 오디세우스의 궁휼, 인내, 의지, 지혜는 이 시대의 지도자들이 본받고 계승해야 할 값진 유산이다. 또한 '나' 자신의 마음을 다스리는 훈련이 공동체의 꿈을 이루게 만드는 지름길임을 호메로스의 두 작품에서 배우게 될 것이다.

트로이 전쟁을 승리로 이끈 뒤에 고향인 이타카로 돌아오는 귀향길에서 오디세우스는 동지들과 함께 끊임없는 모험과 고난을 겪게 된다. 목숨을 위협하는 난관을 날마다 돌파해야만 하는 까닭에 오디세우스의 동지들은 인생을 포기하고 싶어 하는 한계 상황에 다다른다. 희망을 찾기 어려운 막다른 골목에 이르렀을 때 오디세우스는 '동지들에게 기운을 되찾게 해 주는' 조언을 한다.

"여보게 모두들, 우리는 아직도 저승에 갈 필요는 없지 않은가. 비록 아무리 고생을 하더라도 말이야. 마지막 날이 올 때까진 말일세. 자아, 그러니 빠른 배에 먹을 것과 마실 것이 있는 동안은 식사쪽에 마음을 돌리자고. 배고픔과 목마름 때문에 고심하는 건 이제 그만두기로 하세."

"이 섬을 뒤에 두고 겨우 멀어지려고 했을 그때, 안개와 큰 파도가 눈앞에 나타나면서 굉장한 소리를 내는 것이었습니다. 그래서 모두 공포에 사로잡혀 자기도 모르게 노를 손에서 놓치고 말았습니다. 모든 노는 물결에 휩쓸려 떨어졌고 배도 멈추었습니다. 끝이 날카로운 노를 젓는 사람은 없었습니다. 그것을 보자 나는 배 안을 왔다 갔다 하면서 선원들 옆에 일일이 찾아가서 부드러운 말로 타일러 격려했습니다."

- 오디세우스의 고백, 〈오디세이아〉 중에서

〈오디세이아〉의 주인공 오디세우스의 말을 통해 진정한 리더십이란 어떤 것인지를 엿볼 수 있다. 공동체를 이끄는 리더를 '나'라고 하고, 공동체에 속한 구성원들을 '너'라고 가정해 볼 수 있다. 공동체가 절망적인 상황에 부닥친다고 해도 최선을 다해 '너'를 도와주고 '격려'하면서 '나와 너'의 협력을 포기하지 않는다면 마침내 한계 상황을 이겨내고 공동체의 비전을 이룰 수 있을 것이다. 그러므로 〈일리아스〉와 〈오디세이아〉는 모든 독자에게 "나의 인격을 어떻게 성숙시켜야 하며 사회적 관계의 네트워크를 어떻게 형성해야 하는가?"를 가르쳐 주는 고전으로서 전혀 손색이 없다.

그럼, 고전이란 무엇일까? 옛 시대의 저작물이지만 시대를 초월해 현대인들에게도 꼭 필요한 교훈을 안겨 주는 감동적인 '휴머니

✖ 펭귄(penguin) 출판사의 고전 시리즈로 출간된 영문판 《오디세이아》. 사이렌의 유혹으로부터 배의 난파를 막기 위해 돛대에 몸을 꽁꽁 묶은 오디세우스의 모습을 표지로 장식했다.

즘'의 책을 고전이라 할 수 있지 않을까? 〈일리아스〉와 〈오디세이아〉는 어느 시대 어느 독자가 읽더라도 자신의 부족함을 돌아보게 함으로써 부족함을 채울 수 있는 길을 안내하는 고전 중의 고전이다. '나', '너', '우리'가 하나가 되는 공동체를 가꾸어 가기 위해서는 희생, 헌신, 세워 주기, 반성, 겸손, 칭찬, 충고 등이 지속적으로 상호 작용해야만 한다는 것을 가르쳐 주기 때문이다.

"선원들 옆에 일일이 찾아가서 부드러운 말로 타일러 격려했다"라는 오디세우스의 고백에서 드러나듯이, 호메로스의 서사시에 등장하는 그리스 지도자들은 공동체의 구성원들을 가족처럼 소중히 여기는 가장(家長)과 부모의 마음을 지녔다. 호메로스의 〈일리아스〉와 〈오디세이아〉는 서사시의 웅장한 스펙터클과 함께 잠언적 가르침을 들려주는 최고의 고전이라고 평할 수 있다.

"나(오디세우스)는 배 안을 왔다 갔다 하면서
선원들 옆에 일일이 찾아가 부드러운 말로
타일러 격려했습니다."

– 호메로스의 〈오디세이아〉 중에서

프리드리히 휠덜린의
〈빵과 포도주〉와 〈독일인의 노래〉

프리드리히 휠덜린(1770~1843)

몸의 배고픔을 채워줄 '빵'과 함께
정신의 배고픔을 해소할 '빵'도 준비하세요.
'자유'와 '평등'과 '박애'라는 세 조각의 빵을!

사람의 목마름을 풀어 줄 '포도주'와 함께
시대의 목마름을 해갈할 '포도주'도 준비하세요.
'조화'와 '화해'와 '사랑'이라는 세 잔의 포도주를!

— 현대인에게 주는 프리드리히 횔덜린의 편지

시인은 무엇을 위해 존재하는가?

– 프리드리히 횔덜린의 〈빵과 포도주〉와 〈독일인의 노래〉

시로 민중에게 신의 선물을 전달하다

철학자 마르틴 하이데거(Martin Heidegger)[3]가 "시인 중의 시인"이라 불렀던 프리드리히 횔덜린(Friedrich Hölderlin). 그가 지향하는 이상적 세계는 신과 인간 그리고 자연의 조화가 이루어졌던 그리스를 모범으로 삼고 있다. 그리스의 정신과 미(美)를 동경한다는 점에서 횔덜린의 시는 복고적이며 과거지향적이라는 비판을 받기도 한다. 고전주의의 전형적인 틀을 벗어나지 못하고 있다는 지적이다. 그러나 횔덜린이 갈망하는 이상향을 그리스의 아류로 보기는 어렵다.

그가 지향하는 미래의 나라는 그리스의 정신을 바탕으로 '프랑스 대혁명'의 공화주의 이념을 독일 땅에 구현하게 될 새로운 유토

......

3 독일의 철학자. 20세기 최고의 철학자 가운데 한 명으로 꼽힌다. 현상학의 창시자인 에드문트 후설이 교수로 부임하자 하이데거는 그의 조교로 일하며 사상 형성에 결정적인 영향을 받고 인간의 존재 현상에 관한 실존주의적 존재론을 전개했다. 저서에《존재와 시간》,《철학에의 기여》등이 있다.

피아이기 때문이다. 이 유토피아를 실현하기 위한 전제조건은 그에게 있어서 독일의 보수적 정치체제와 속물의식을 극복하는 것이다. 그렇다면 횔덜린의 시는 복고주의의 전형이 아니라 변증법적 성격을 지닌 진보주의의 산물로 평가되어야 하지 않을까?

마음은 그 옛날처럼 천상의 신들을 닮을만한 힘을 갖노라.
그 후에야 神들은 천둥치며 강림하리라. 그들이 돌아올 때까지 이
처럼 동료도 없이 홀로 神들을 기다리기보다는, 차라리 잠을 자는
편이 더 나으리란 생각을 숨길 수 없노라.
그들이 올 때까지 무엇을 말하고 무엇을 해야 할지 나는 모르겠노
라. 궁핍한 시대에 시인들은 무엇을 위해 존재하는가? 그러나 친구
여. 그대는 말하노라.
시인들은 성스러운 밤에 이 나라에서 저 나라로 옮겨 다녔던 주신
(酒神)의 신성한 사제와 같노라고.

– 〈빵과 포도주〉 제7편 중에서

"궁핍한 시대에 시인들은 무엇을 위해 존재하는가?" 횔덜린이 말하는 "궁핍한 시대"란 군주제 아래 지배층과 피지배층이 뚜렷하게 구분되었던 18세기 말 독일의 현실을 의미한다. 이 시대는 신이 인간에게서 멀어지고, 인간은 자연과 단절된 시대였다. 신성(神性)보다는 권력을, 정신보다는 물질을 떠받드는 시대였다. 권력자는 민중에 대한 지배를, 민중은 권력자에 대한 예속을 당연하게 여기

는 시대였다. 그러므로 "궁핍한 시대"란 반드시 개혁되어야 할 어둠의 시대이기도 하다.

주신(酒神) 디오니소스의 사제들이 포도주의 힘으로 각 나라의 백성을 잠에서 깨웠듯이, 시인은 시와 노래를 통해 민중의 의식을 각성케 하는 존재다. 민중에게 신의 선물을 전해 준다는 점에서 시인은 신의 사제와 같다. 횔덜린에게 있어서 신의 선물이란 '프랑스 대혁명'의 이념인 '자유 · 평등 · 박애'를 뜻한다. 이 숭고한 정신의 삼위일체는 그의 시에서 주신의 "포도주" 혹은 예수 그리스도의 "빵과 포도주"로 나타난다. 횔덜린은 혁명의 정신에서 독일의 저열한 현실을 개혁할 수 있는 힘을 찾고 있다. 그가 '자유 · 평등 · 박애'를 그리스 신들의 신성(神性)이 낳은 가장 값진 열매로 찬양하는 이유가 바로 여기에 있다.

마지막으로 어느 조용한 수호신이 나타나 천상의 손길로 위로한 후
낮의 종말을 선포하고 하늘로 사라졌을 때
그가 한때 지상에 왔었고 또다시 돌아오리라는 약속의 증표로
천상의 합창대는 몇 개의 선물을 남겨두고 떠났노라.
(중략)
빵은 대지의 열매이지만 빛의 축복을 받은 것이며
포도주의 기쁨은 뇌우(雷雨)의 신으로부터 태어난 것이다.
그 때문에 우리는 지금도 옛날처럼 천상의 신들을 그리워하노라.
한때 지상에 강림하셨고 가장 빛나는 때에 재림하실 신들을.

✖ 다빈치의 명화 〈최후의 만찬〉. 예수 그리스도가 제자들에게 빵과 포도주를 나눠 주고 있다.

그렇기에 옛적의 신을 향한 찬미를 꾸며낸 것이 아니라는 듯,
가인(歌人)들도 옛날처럼 변함없이 마음을 다해 주신(酒神)을 찬양
하는 것이리라.

－〈빵과 포도주〉 제8편 중에서

"그(예수 그리스도)가 한때 지상에 왔었고 또다시 돌아오리라는
약속의 증표로 천상의 합창대는 몇 개의 선물을 남겨두고 떠났노
라." 시인의 이같은 선언은 시 〈빵과 포도주(Rot und Wein)〉의 테마
와 일치한다. 조용한 수호신인 예수 그리스도가 그리스 신들과 함
께 지상으로 돌아올 것이라는 약속의 증표는 시인에게 궁핍한 시
대를 극복할 수 있다는 희망을 안겨 준다. 인간의 내면 속에서 신
성을 회복하고, 자연과의 조화를 되찾으며, 사람들끼리 사랑을 나

누면서 살아갈 수 있다는 기대를 갖게 되는 것이다. 시인은 이 희망과 기대를 실현하기 위해 헌신하는 존재다.

신들의 재림과 더불어 독일이 그리스와 같은 축복의 요람으로 변화될 수 있는가의 여부는 사제의 역할에 달려 있다. 신성한 사제인 시인이 "빵과 포도주"를 독일인들에게 전해 주어 그들로 하여금 새로운 세계를 준비하도록 도와주어야만 하는 것이다. 그것은 "빵과 포도주" 속에 담겨 있는 그리스 정신과 프랑스 대혁명의 이념을 독일인들의 내면에 "뇌우(雷雨)"의 불꽃처럼 타오르게 하는 일이다. 그렇다면 시인은 근원적 세계의 회복을 위해 현실을 변화시키는 자라고 말할 수 있지 않을까?

혐오와 희망의 변주곡 〈독일인의 노래〉

횔덜린의 시에서 드러나는 독일의 얼굴은 시인의 혐오와 기대를 동시에 받고 있는 모순의 존재다. 조국을 향한 혐오와 기대라니? 도무지 공존이 불가능해 보이는 양면적 태도가 횔덜린의 시 속에서 과연 화해를 이룰 수 있을까? 횔덜린의 시를 읽어본 독자라면 그가 "조국"이라 부르는 독일에 대해 가차 없이 비난을 퍼붓는 것을 보게 된다. 시 〈인간들의 갈채(Menschenbeifall)〉와 교양소설 《히페리온, 그리스의 은자(隱者)(Hyperion oder Der Eremit in Griechenland)》에서 시인은 독일의 땅을 물들이는 속물근성을 다음과 같이 신랄하게 비판하고 있다.

대중이 원하는 것은 시장바닥에서나 쓸모 있는 것이요,
하인은 권력자만을 흠모하는구나.

-〈인간들의 갈채〉중에서

"가혹한 말이긴 해도, 그것이 진실인 까닭에 나는 말하지 않을 수
없습니다. 독일인들처럼 흐트러진 국민은 도무지 생각할 수조차
없습니다. 수공업자는 보이지만 인간은 보이지 않고, 사제는 보여
도 인간이 보이질 않습니다. 주인과 하인, 청년과 어른은 있지만
인간은 없습니다. (중략) 이 국민에게는 거룩한 것이 전혀 없고, 신
성을 모독하지 않는 적이 없으며, 가련하게도 그 일시적 필요에만
급급하여 품위를 손상시키지 않은 날을 찾아볼 수 없습니다. 원시
인들조차도 거룩하고 순수하게 보존하고 있는 것을 이 타산적인
야만인들은 마치 일상적인 일을 하듯이 몰아내버립니다."

-《히페리온, 그리스의 은자》중에서

히페리온의 고백에서 흥미로운 점을 발견할 수 있다. 그는 자연
과 밀착된 삶을 살고 있는 원시인들을 인간으로 인정하면서도, 반
자연(反自然)의 상태로 전락한 독일인들에 대해서는 야만인들이라
부르고 있다. 적어도 횔덜린의 눈에 비친 독일인들은 일시적 필요
에만 집착하는 속물들임을 알 수 있다. 횔덜린이 이처럼 독일과 독
일인들에게 혐오스런 비판을 가하면서도 이곳에 유토피아가 구현
될 수 있다는 희망을 부여하는 까닭은 무엇일까? 회의와 환멸 가운

데서도 독일의 정치 현실을 개혁하려는 의지를 버리지 않았던 것은 횔덜린에게 조국을 향한 사랑이 남아 있었기 때문이 아닐까?

그렇다면 이 사랑이라는 물결이 흘러나오는 발원지는 어디일까? 대립적인 것들을 조화시키는 사랑의 힘은 그리스 정신에서 생명을 얻는다. 그리스 정신은 조국에 대한 시인의 혐오와 기대를 화해시켜 정신적 합일의 상태로 이끌어 간다. 독일인들의 속물근성에 대한 비판의식과 독일의 미래에 대한 기대는 사랑을 매개체로 해 서로 공존하는 관계로 변화된다. 조국에 대한 비판의 목소리가 차가울수록 조국의 변화를 향한 요구는 뜨거워지는 것이다.

오, 민중들의 거룩한 마음이여, 오 조국이여!
침묵하시는 어머니 대지처럼, 모든 것을 참아내는구나
그리고 이방인들이 그대의 깊이로부터 최상의 것을
가져간다고 해도, 그대는 도무지 인정받지 못하는구나!

그들은 그대에게서 사상을, 정신을 거두어들인다.
그들은 흔쾌히 포도송이를 뽑아댄다. 그러나 그들은
그대를 형태 없는 덩굴이라 조롱한다.
그대가 땅을 흐느적거리며 거칠게 방황하는 것을 보며.

그대 고결하고 진중한 수호신의 나라여!
그대 사랑의 나라여! 나는 이미 그대의 것이었음에도

종종 울면서 분노하노라. 그대가 언제나
어리석게도 그대 자신의 영혼을 부인하는 탓이다.

- 〈독일인의 노래〉 제1연~제3연

시인은 열정적 목소리로 조국을 부르고 있다. 그는 조국 독일이 다른 국가들에게 큰 정신적 영향을 미쳐왔다는 사실을 고백하고 있다. 그럼에도 시인은 현재 독일의 정신이 타국의 국민에게 전혀 가치를 인정받지 못한다는 것을 아울러 비판하고 있다. 이웃 나라 프랑스와 비교해 볼 때, 민중의 자유와 평등을 억압하는 독일의 군주체제는 정치적 낙후와 사회적 퇴보의 표본이기 때문이다. 물론 시인은 유럽인들에 의해 독일이 "형태 없는 덩굴"이라 조롱당하는 현실을 누구보다도 안타깝게 여기고 있다. 그러나 그가 이보다 더욱 안타깝게 여기는 것은 다음의 두 가지 사실이 아닐까?

첫째는 독일인들이 자신에게 당면한 부정적 상황을 성찰하지 못하고 땅을 흐느적거리며 거칠게 방황한다는 점이며, 둘째는 조국의 정신 속에 맹아처럼 잠재해 있는 고귀함을 독일 국민 스스로 부인하고 있다는 사실이다. 시인이 "울면서 분노할" 수밖에 없는 이유가 여기 있는 것이다.

그러나 봄을 맞은 것처럼, 수호신은 나라에서 나라를
방랑한다. 그런데 우리는 어떠한가? 우리 젊은이들 중

가슴의 수수께끼와 하나의 예감을

소리 내어 말하는 자가 한 사람이라도 있단 말인가?

독일의 여인들에게 감사하라! 그녀들은

우리에게 신상(神像)들의 다정한 정신을 보존해 주었다.

여인들의 사랑스럽고 해맑은 평화는 날마다

사악한 혼란의 죄를 다시금 씻어주고 있다.

우리의 선조들처럼 다정하고 신실한 자들,

신을 곁에 모셨던 시인들은 어디에 있는가?

우리의 선조와 같은 현인(賢人)들은 어디에 있는가?

냉철한 자들과 대담한 자들, 그리고 절개있는 자들이여!

- 〈독일인의 노래〉 제10연~제12연

　그리스의 몰락 이후 수호신은 나라에서 나라를 떠돌고 있지만, 시인은 이 수호신이 언젠가는 독일 땅을 찾아오리라는 기대감을 버리지 않는다. 이 희망을 가질 수 있는 것은 수호신의 본질인 사랑과 평화가 독일의 선조들과 여인들 속에 살아 있었다는 확신 때문이다. 그러나 독일의 젊은이들은 한결같이 가슴의 수수께끼와 수호신에 대한 예감을 외면하고 있다. 그들은 그리스 정신이 도래하리라는 예감을 가슴속에 숨겨 두고 있을 뿐, 그것을 소리 내어 말하지 않는다.

고귀하고 신성한 것을 언어로 말하지 않는다는 것은 그 고귀한 정신을 삶 속으로 가져가려는 열망이 없음을 뜻한다. 독일의 젊은 이들 중에서 조화·화해·사랑·평화와 같은 그리스 정신을 그들의 삶으로 승화시키려는 의지를 가진 자들을 찾아볼 수 없는 것이다. 이것은 휠덜린이 그리스 정신의 육화(肉化)로 보고 있는 프랑스 혁명의 이념들, 즉 '자유·평등·박애'를 독일 땅에서 실현하는 길이 아득함을 의미한다. 그러므로 시인은 독일 선조들의 거룩한 정신과 여인들의 덕성을 찬양함으로써 이러한 부정적 현실의 극복을 호소할 수밖에 없으리라!

혁명의 마지막 보루, 독일

이제 그대의 고귀함에 경의를 표하노니, 나의 조국이여
새 이름으로 풍성히 무르익은 시대의 열매여!
그대는 모든 뮤즈의 처음이자 마지막 존재로구나.
우라니아여 그대에게 경의를 표하노라!

− 〈독일인의 노래〉 제13연

시인은 조국의 내부에 잠재되어 있는 고귀함을 일깨운다. 고귀함이란 선조들이 남겨 놓은 정신적 깊이이며, 조국을 이상향으로 고양시킬 수 있는 마지막 가능성이다. 이 고귀함에 의지할 때만이 비로소 그리스 정신은 그들의 나라에 구현될 수 있는 것이다. 여신 우라니아(Urania)[4]는 사랑과 조화를 표방하는 그리스 정신의 상징이다. 우라니아의 등장은 그리스 정신에 의해 독일의 고귀함을 완성하려는 시인의 갈망을 밝혀 준다.

> 아직도 그대는 망설이고 침묵하면서 새로운 형상을 생각한다.
> 그대의 존재를 증명해줄 환희의 작품을 생각하고 있구나.
> 그대 자신처럼 유일한 것을, 사랑 속에서 태어난
> 그대처럼 선한 것을 가슴에 품고 있구나.
>
> — 〈독일인의 노래〉 제14연

시인의 조국 독일이 그리스에 필적하는 이상향으로 변화되기까지 겪어야 할 창조 과정이 나타나고 있다. 시인이 갈망하는 "새로운 형상"과 "환희의 작품"은 독일인들의 망설임 때문에 아직 생성되지 못한 정치적 이념이라고 할 수 있다. 혹은 정치적 이념의 실현을 기반으로 삼아 태어날 새로운 조국의 상징으로 보면 어떨까? 시인의 사명과 관련지어 볼 때, 이 새로운 형상과 환희의 작품은 독일인들에게 새로운 조국의 탄생을 준비할 수 있도록 정신적 생명력을 불어넣는 시적 언어라고 보아도 좋을 것이다. 올림피아

······
4 그리스 신화에 나오는 천문(天文)의 여신. 제우스와 기억의 여신 므네모시네 사이에서 태어난 아홉 뮤즈 가운데 하나.

(Olympia)[5]와 델로스(Delos)[6]에 버금가는 숭고한 조국이 탄생하려면 새로운 정치적 이념과 시적 언어의 생성 과정이 무엇보다도 필요하지 않았을까?

> 우리 모두가 최고의 축제에 참여할
> 그대의 올림피아, 그대의 델로스는 어디에 있는가?
> 그러나 그대가 그대의 자손들을 위해 일찍이 예비해두었던
> 불멸의 비밀을 아들(시인)은 어떻게 풀어내야 할 것인가?
>
> — 〈독일인의 노래〉 제15연

마지막 행에서 드러난 것처럼, 새로운 조국의 탄생은 독일에서 살아가는 자손들의 현실 인식과 현실 개혁의 노력에 달려 있다. 자신을 조국의 "아들"이라 자칭하는 시인은 조국을 위해 어떤 짐을 짊어져야 하는가? 그의 사명은 조국이 모든 자손에게 예비해 둔 불멸의 비밀을 풀어내는 것이 아닐까? 그것은 시적 언어를 통해 독일인들의 내면에 잠재된 그리스 정신을 일깨워 주는 행위이며, 조국의 저열한 현실을 타개하려는 의지를 북돋우는 행위다.

• • • • • •

5　크로노스의 언덕의 기슭에 있으며 예로부터 대지신(大地神)의 신탁소로 알려졌다. 고대에는 제우스신을 모시는 신역이었고, 고대 도시국가들의 스포츠 제전이자 종합 문화 행사였던 올림픽이 4년마다 개최되던 곳이기도 하다.

6　그리스 신화에 따르면 아폴로는 델로스에서 태어났다고 한다. 델로스는 아폴로의 성지로서 기원전 7세기경 고대 종교의 순례지로서 번성했으며 오랫동안 무역의 중심지였다.

마침내 독일은 민중의 거룩한 마음이 되어 그 땅에서 '자유 · 평등 · 박애'의 열매를 맺어야 할 당위성을 얻게 된다. 프랑스가 자코뱅 당의 독재와 공포정치로 인해 혁명의 의의를 상실했다면, 프랑스를 대신할 만한 혁명의 보루가 절실히 요구되지 않았을까?

횔덜린은 1793년 10월 자코뱅 당원들에 의해 지롱드 당원들이 학살당하는 유혈참극의 사건을 접하고서 환멸을 느껴 혁명으로부터 마음을 돌린다. 그러나 이러한 변화는 횔덜린이 혁명의 정신과 이념을 포기했음을 의미하는 것은 아니다. 오히려 혁명의 본토인 프랑스에 걸었던 정치적 기대가 완전히 무너졌다고 보는 것이 타당하리라. 그 후 횔덜린은 그리스 정신의 꽃이라 할 수 있는 사랑

✖ 들라크루아(Delacroix)의 명화 〈민중을 이끄는 자유의 여신〉. 그녀의 깃발은 혁명의 불꽃으로 타오르고 있다.

에 심취하면서 모든 대립적인 것들을 하나로 통일시키는 '조화의 사상'을 배우게 되었다. 이 '조화의 사상'을 바탕으로 혁명의 이념을 완성할 수 있는 나라는 더 이상 프랑스가 아니라 조국 독일이었다. 독일은 프랑스가 보여 준 혁명의 폭력적 결말을 지양하고 '자유·평등·박애'를 실현해야 할 마지막 보루가 된다.

횔덜린이 바라본 미래의 독일은 프랑스 대혁명의 이념들과 그리스 정신이 조화롭게 합일을 이루는 토대 위에서 새롭게 탄생해야 할 이상향이었다.

시인의 사명은 무엇인가?

어느새 가장 높으신 분의 아들, 시리아 사람이
햇불을 흔들며 우리들 그림자의 세계로 강림하시리라.
축복받은 현자(賢者)들은 이것을 알고 있노라. 갇혀있는 그들의 영
혼에서 미소 한 자락 비쳐 나오고, 얼어붙은 그들의 눈동자도 빛으
로 녹아 열리리라.
대지의 품속에 안긴 거인족이 부드러운 꿈에 취해 잠들고
질투심 많은 지옥의 개들, 케르베루스조차도 술에 취해 잠들리라.

-〈빵과 포도주〉제9편 중에서

"가장 높으신 분의 아들, 시리아 사람"은 예수 그리스도를 가리킨다. 디오니소스를 시인의 원형이자 시의 상징으로 본다면, 예수

그리스도 역시 디오니소스와 동일한 의미를 갖는다. 디오니소스의 포도주 혹은 예수 그리스도가 나눠 준 포도주는 시 속에서 타오르고 있는 거룩한 정신의 "불꽃"이다(〈빵과 포도주〉 제3편 참조). 자유와 사랑을 향한 열망으로 타오르는 "불꽃"이 휠덜린의 시를 살아 꿈틀거리게 하는 심장이 되고 있다. 시인들은 주신(酒神)과 그리스도에게서 이 "불꽃"을 전수받아 동시대의 민중에게 전해 주어야 한다. 이때 시와 노래는 거룩한 정신의 "불꽃"을 보존해 민중의 어두운 세계를 비추어 주는 등잔의 역할을 하게 된다.

그리스 신화에서 디오니소스가 포도주의 힘으로 지옥의 개들을 잠재우고 죽은 자들을 어둠의 세계에서 구출했던 이야기를 알고 있는가? 휠덜린이 신화의 비유를 통해 말하려고 하는 것은 무엇일까? 신의 사제인 시인들이 시와 노래의 힘으로 민중의 몽매한 의식을 잠에서 깨워야 한다는 가르침이 아닐까?

독일인들의 영혼 깊은 곳에 잠들어 있는 '조화', '화해', '사랑' 등을 시적 언어로 형상화해 그들의 어두운 눈에 '자유·평등·박애'의 빛을 밝혀 주려는 머나먼 여정! 프랑스 땅에서 피어나자마자 시들어 버렸던 이념의 꽃들은 시인의 노래를 통해 독일의 땅에서 부활해 진정한 공화주의의 열매를 맺을 날을 기약하게 된다.

"궁핍한 시대에 시인은 무엇을 위해 존재하는가?"라는 휠덜린의 물음에 대해 여러분은 어떻게 대답할 것인가?

"궁핍한 시대에 시인은 무엇을 위해 존재하는가?"

– 프리드리히 횔덜린의 〈빵과 포도주〉 중에서

세 번째 이야기

하인리히 하이네의
〈슐레지엔의 직조공들〉과 〈시궁쥐들〉

하인리히 하이네(1797~1856)

조국이 잘못된 길을 걸어간다면
그 길을 가지 말아야 할 이유를 뚜렷하게 밝히면서
올바른 길의 이정표를 제시하는 것이
진정한 지식인의 도리가 아닐까요?
정치 지도자의 실정(失政)이 무엇인지를 일깨워 주고
정책의 개정과 제도의 쇄신을 지속적으로 요구하는 것이
조국의 운명을 국민과 함께 짊어진
지식인의 도리가 아닐까요?

— 현대인에게 주는 하인리히 하이네의 편지

시인은 민중의 대변자

– 하인리히 하이네의 〈슐레지엔의 직조공들〉과 〈시궁쥐들〉

낡은 독일의 죽음과 새로운 독일의 탄생을 노래하다

'청년독일파'의 기수로서 독일의 전제군주제를 혁파하기 위해 문학을 혁명의 무기로 삼았던 하인리히 하이네(Heinrich Heine). 가곡으로 널리 알려진 서정시 〈노래의 날개 위에서(Auf Flügeln des Gesanges)〉가 들려주듯이 하이네는 "갠지스 강변"의 "야자수 나무 밑에서" 애인과 함께 "사랑과 안식을 마시며 언제까지나 축복의 꿈을 꾸고" 싶어 했다. 자연과 인간의 조화 속에서 피어나는 녹색의 생명력을 서정적 언어로 예찬하는 것은 시인에게 부여된 천복(天福)이자 개인적 권리가 아닐까?

그러나 하이네가 살았던 19세기 전반의 독일 사회는 전제군주제하에서 '자연친화'의 욕구를 해소할 수 없었던 암흑기에 갇혀 있었다. 개인의 자유를 억압당하는 사회 구조 속에서 자연의 아름다움을 노래하는 것이 가능한 일일까? 군주로부터 정치적 자유를 박탈당하고 자본가로부터 경제적 기반을 착취당하는 상황 속에서 시인이 초록빛 "나무 밑에서 사랑과 안식을 마시며" 평화로운 서정시를 쓴다는 것은 어려운 일이다. 서정시를 마음 편하게 쓸 수 있는 시대를 맞이하기 위해서는 개인의 자유와 권리를 억압하는 정치 체제와 사회 구조를 개혁하는 것이 필수적이다. "낡은 독일"을 향해 "저주"의 독설을 퍼부었던 하인리히 하이네! 그의 저항시는 '자연'의 아름다움을 막힘없이 노래할 수 있는 서정시의 시대를 쟁취하기 위한 현실 극복의 노정(路程)이었다. 저항시에서 추구하는 사회 구조의 개혁은 서정시의 시대를 열기 위한 전제조건임을 하이네의 시에서 읽을 수 있다.

하이네가 1844년 7월에 발표한 〈슐레지엔의 직조공들(Die Schlesischen Weber)〉. 이 시는 그의 저항시를 대표하는 작품으로 알려져 있다. 이 시는 페터 하우스벡(Peter Hausbek)의 말처럼 "공격과 비난을 퍼붓는 시대시(時代詩)"로서 꾸밈없는 현실 인식과 사실성을 보여 준다. 1844년 6월 페터스발다우와 랑엔빌라우에서 일어났던 직조공들의 봉기를 소재로 채택해 그들의 집단적 현실을 변용(變容)과 가공 없이 묘사하고 있다. 하이네는 이 시를 통해 독일의 유산계급과 전제왕권에 대항하는 무산자들의 투쟁을 지지하고 옹호한다. 하이네의 고백을 직접 들어보자.

"이 낡은 세계는 오래전부터 비판 받아 왔다. 순진성이 사라지고 이기주의가 번성하고 인간이 인간에 의해 착취를 받아온 낡은 세계가 타파되기를!"

하이네가 경험한 1840년대 독일 사회에서는 부르주아와 프롤레타리아 사이의 계급적 대립이 뚜렷하게 나타나고 있었다. 군주와 자본가의 결탁으로 인해 대립의 골은 더욱 깊어졌다. 보수주의자들은 구체제의 토대 위에서 이상적 독일이 완성되기를 꿈꾸었지만, 지배계급 밑에서 경제적 기반을 착취당하며 살아가는 민중은 미래의 꿈을 키울 수 없을 만큼 궁핍한 현실에 직면해 있었다.

하이네의 시각으로 볼 때, 독일의 사회 구조는 민중의 삶을 도탄에 빠뜨리는 암적인 존재였으며 타도해야 할 대상이었다. 하이네의 이러한 현실인식, 비판의식, 개혁의지가 담겨 있는 그의 대표적 저항시 〈슐레지엔의 직조공들〉을 읽어 보자.

메마른 눈에는 눈물이 없다
그들은 베틀가에 앉아 이를 간다
"독일이여, 우리는 너의 수의(壽衣)를 짠다
우리는 세 겹의 저주를 짜넣는다
우리는 옷감을 짠다, 우리는 옷감을 짠다!

한 겹의 저주는 신에게 드리노라, 우리는
겨울의 혹한과 기아의 고통 속에서도 그에게 기도했지만
우리가 바라고 기대한 것은 소용없었다
그는 우리를 놀려대고 우롱하고 바보로 취급하였다
우리는 옷감을 짠다, 우리는 옷감을 짠다!

또 한 겹의 저주는 국왕에게, 부자들을 위한 국왕에게 드리노라
우리의 비참한 삶으로는 그의 마음을 누그러뜨릴 수 없었다
그는 우리가 가진 마지막 몇 푼 마저 늑탈해가고
우리를 개처럼 총으로 쏘아 죽이라 한다
우리는 옷감을 짠다, 우리는 옷감을 짠다!

또 한 겹의 저주는 잘못된 조국에게 드리노라
그곳엔 수치와 오욕만이 번영할 뿐
피어나는 꽃마다 일찍이 목이 꺾인다
그곳엔 타락과 부패가 구더기를 기른다
우리는 옷감을 짠다, 우리는 옷감을 짠다!

북은 날아갈 듯 들썩거리고, 베틀은 삐걱거린다
우리는 밤낮으로 땀 흘리며 옷감을 짠다
낡아버린 독일이여, 우리는 너의 수의를 짠다
우리는 세 겹의 저주를 짜넣는다
우리는 옷감을 짠다, 우리는 옷감을 짠다!"

— 시 〈슐레지엔의 직조공들〉 전문

하이네는 현실적 고통 속에서 자라나는 직조공들의 증오를 그들의 직조 행위에 비유하고 있다. 이는 시의 현장감과 사실성을 증폭

✖ 하인리히 하이네의 시 〈슐레지엔의 직조공들〉을 묘사한 삽화. 직조공의 부인은 병들어 누워 있고, 아이는 배고픔을 호소한다. 치료비도, 음식비도 없는 직조공이 혼란스런 고통 속에 빠져 있다.

시킨다. 여기에서 주목해야 할 것은 시 속에 포함된 사실 자체가 비유의 기능을 발휘한다는 점이다. 직조공들이 "신", "국왕", "조국"의 "수의"를 짜고 "세 겹의 저주를 짜 넣는" 행위는 운명의 세 여신들[7]의 실 잣는 일에 비유되고 있다. 하이네는 비유를 통해 구체제의 타파를 불가피한 운명으로 규정하고 있다. 혁명적 행동방식에 역사적 당위성을 부여하려는 것이다. 그는 혁명적 분위기를 고무하기 위해 시 전체에 걸쳐 위협적인 어조와 강세를 사용하고 있다.

하이네는 시의 도입부—제1연 제1행—에서 직조공들의 비참한

. . . . . .

7 로마 신화에 등장하는 세 명의 여신 파르체(Parze)를 가리킨다. 언제나 실을 가지고 운명(죽음)을 직조했다고 한다.

생활상을 함축적인 언어로 진술한다. "메마른 눈에는 눈물이 없다"는 진술은 단 한 방울의 눈물조차 남아 있지 않을 정도로 극단적 절망의 상태에 이르렀음을 알려 준다. 곧이어 시의 화자로서 등장하는 "우리"는 직조공들의 현실 인식과 역사의식을 대변한다. 화자인 "우리"의 진술은 담시(談詩, 이야기가 담긴 시)의 형태로 전개된다. 시행이 전개될수록 사회가 개인에게 미치는 영향력이 바깥으로 드러나고, 이 과정에서 각 시의 연(聯)마다 분노가 표출된다. 무산자들의 비참한 생활상이 사회의 구조적 모순에서 비롯되었기 때문에 분노의 감정은 공감을 얻는다. 하이네는 직조공들의 집단적 감정이 현실을 개혁하기 위한 에너지로 결집되기를 기대하고 있다.

직조공들의 저주 속에는 구체제에 대한 혐오감과 비판의식이 뒤섞여 있다. 직조공들은 저주의 대상을 직접적으로 언급한다. "신"과 "국왕" 그리고 "잘못된 조국"이 바로 그것이다. 겉보기에는 무산자들이 감정에 치우친 투쟁을 전개하는 것으로 보인다. 그러나 그들의 감정을 용암처럼 분출시키는 분화구가 있다. 그것은 현실 체험에서 얻은 현실 인식이다. 그들은 인생의 질곡을 몸으로 겪고 가슴으로 알고 있기 때문에 고통의 멍에를 씌워 준 대상들을 향해 증오의 감정을 폭발시킬 수밖에 없는 것이다.

〈슐레지엔의 직조공들〉의 발표 직후 프리드리히 엥겔스는 이 시를 구체적으로 논평한 바 있다. 이 시가 프로이센을 대표로 하는 봉건체제의 삼위일체를 공격하고 봉건체제의 종식을 기도했다는 것이다. 하늘의 아버지로서 봉건체제를 영원히 보증해 줄 신, 지배자들의 우두머리인 국왕, 절대적 지배권을 합법화한 사회기구이며 지배이데올로기의 모델이 된 조국. 세 존재가 봉건체제를 지탱하는 삼위일체로서 하이네의 시로부터 공격을 받았다는 것이 엥겔스의 분석이다. 시의 공격은 이들 세 존재에 대한 비판만이 아니라 존재 자체에 대한 부정까지도 의미한다.

무산자들의 시각으로 볼 때, 신은 인간에게 가르쳤던 "믿음, 소망, 사랑"의 계명을 스스로 저버렸다. 국왕은 국민을 보호해야 할 직무를 유기했으며, 조국은 행복과 안녕을 추구하는 국민의 열망을 배반했다. 그러므로 무산자들은 봉건체제의 토대인 세 존재를 부정할 수밖에 없다. 시의 화자인 "우리"는 마지막 연에서 무산자들과 시인 간의 동질감을 더욱 뚜렷하게 드러낸다. 직조공들과 시인, "우리"는 뮤지컬의 합창처럼 하나의 목소리로 "낡아버린 독일"의 몰락을 선포한다. 신, 국왕, 조국의 삼위일체를 해체하려는 직조공들과 시인의 연대의식이 씨줄과 날줄의 하모니를 이루어 두 벌의 옷을 짓고 있다. 낡아버린 독일의 주검에 입혀 줄 수의(壽衣)와 신생아처럼 태어날 독일의 몸에 입혀 줄 유토피아의 새 옷을……

1831년 5월 이후 프랑스의 파리에 체류하기 시작한 시인 하이네. 1835년 독일연방의회가 '청년독일파'의 모든 저작물에 대해 판금(販禁) 조치를 내리고 하이네를 이 단체의 대표적 작가로 지목했다. 독일 내에서 하이네에 대한 정치적 박해는 갈수록 거세졌고, 본국의 전제주의 체제에 대한 하이네의 혐오는 점점 더 강해질 수밖에 없었다.

1843년 12월 하이네는 프랑스의 파리에 망명 중이던 25세의 청년 카를 마르크스를 만날 수 있었다. 하이네는 1845년 1월까지 마르크스와 두터운 교분을 쌓았다. 마르크스가 자유주의 성향의 문필가 아놀트 루케와 함께 프랑스 땅에서 발간한 진보적 잡지 〈독불(獨佛) 연감〉에 하이네는 여러 편의 글을 발표했다. 그 후 이 잡지가 경영난으로 인해 폐간되고 〈전진(前進)〉이라는 독일어 잡지로 바뀌었지만, 정치 비판과 사회개혁의 경향은 여전했다. 하이네의 시 〈슐레지엔의 직조공들〉은 1844년 7월 10일《전진(前進) (Vorwärts)!》의 제1면에 발표되었다. 당시에는 잡지의 표지가 별도로 없었기 때문에 제1면은 표지의 기능을 대신하는 표제면(Titelblatt)이기도 했다.《전진(前進)》의 발행인이었던 마르크스가 잡지의 표제면에 〈슐레지엔의 직조공들〉을 게재했다는 것은 그가 하이네의 시 속에 담긴 진보적 메시지의 중요성을 높이 평가했다는 증거이기도 하다.《전진(前進)》에 발표되었던 작품의 제목은 〈가련한 직조공들(Die armen Weber)〉이었지만 훗날에 〈슐레지엔의 직조공들〉로 바뀌었다. 하이네는 시의 소재가 되었던 역사적 사건의 사실성을 부각시키고 싶었던 것이 아닐까?

　　잡지 〈전진〉이 독일의 군주 세력에 대한 비판의 강도를 높여가자 프로이센의 왕실 정부는 당시 프랑스 입헌군주체제의 국왕 루이 필리프(Louis Philippe)에게 이 잡지의 폐간을 적극적으로 요구했다. 이 요구를 받아들인 프랑스 정부는 잡지를 강제로 폐간했다. 마르크스가 가졌던 급진적인 사상의 노선에 위협을 느낀 프랑스의

기조(F. Guizot) 내각은 마르크스의 국외 추방을 결정했다. 하이네와 마르크스의 교류는 13개월 만에 중단되었다. 하이네와 헤어지게 된 것을 몹시 슬퍼한 마르크스는 그와 함께 떠나고 싶다는 희망을 1845년 1월 12일 편지에 담아 전했다.

"나는 월요일에 떠납니다. 내가 여기에 남겨두는 사람들 중에서 하이네를 남겨두는 것이 제일 가슴 아픕니다. 당신을 같이 데려가고 싶은 생각이 간절합니다."

마르크스의 가슴 아픔과 간절함이 말해주듯, 두 사람의 정신적 친교는 각별한 것이었다. 비록 하이네보다 21세가 적은 마르크스였지만 그의 사상은 하이네의 저항시에 크나큰 영향을 주었다. 앞에서 살펴본 〈슐레지엔의 직조공들〉과 하이네의 대표적 저항시집으로 평가되는 《독일. 겨울동화》, 그리고 1848년 2월 파리에서 일어난 '사회주의' 혁명을 소재로 다룬 시 〈시궁쥐들(Die Wanderratten)〉을 비롯한 1840년대 이후 혁명적 사회개혁을 호소하는 수많은 시 작품이 마르크스에게서 정신적 자원을 공급받았다고 해도 과언이 아니다. 엥겔스가 하이네의 시 〈슐레지엔의 직조공들〉을 높이 평가한 것도 마르크스와 하이네 사이의 정신적 공감대를 잘 알고 있었기 때문일 것이다. 카를 마르크스의 사상적 영향이 짙게 배어 있는 하인리히 하이네의 시 〈시궁쥐들〉을 만나보자.

억압받는 민중의 대변자가 되다

쥐에는 두 가지 부류가 있다/ 굶주린 쥐들과 배 부른 쥐들/ 배 부른 쥐들은 만족하여 집에 머물러 있지만/ 굶주린 쥐들은 두루 떠돌아다닌다 (1연)// 그들은 수천 마일을 떠돌아다닌다/ 조금도 쉬지 않고 머무를 기색도 없이/ 격분하여 거침없이 내달리니/ 바람도 뇌성벽력도 그들을 멈추지 못한다 (2연)// 그들은 언덕 위를 기어오르고/ 호수 한복판을 헤엄쳐 건넌다/ 아주 많은 쥐들이 물에 빠져 죽거나 목이 부러지고/ 살아남은 쥐들 뒤엔 죽은 쥐들이 남는다 (3연)// 이들 이상한 놈들은/ 아주 무서운 콧수염을 지니고/ 머리를 모두 똑같이 깎았다/ 아주 과격하게, 아주 민숭하게 (4연)// 이 과격한 쥐들은/ 신을 전혀 아는 바 없다/ 이놈들은 자기 새끼들을 세례 받도록 허락하지 않고/ 암컷들을 공동으로 차지한다 (5연)// 육신에만 의존해서 살아가는 이 쥐들의 무리는/ 게걸스럽게 먹어치우고 숨넘어갈 듯 마시려고만 한다/ 마시고 먹는 동안, 도무지 생각하질 않는다/ 우리의 영혼이 불멸한다는 것을 (6연)// 이처럼 거칠은 쥐새끼들은/ 지옥도 고양이도 두려워하지 않는다/ 이놈들은 재산도, 돈도 없기에/ 새로이 이 세상을 분할하길 원한다

(7연)// 오 이럴 수가! 시궁쥐들/ 이놈들이 성큼 가까이에 다다랐다/ 이놈들이 이리로 다가와서, 나의 귀에는 이미/ 이놈들의 찍찍거리는 소리가 들리나니 그 수(數)가 군대와 같구나 (8연)// 오 이럴 수가! 우리는 패배하였고/ 이놈들은 벌써 성문 앞까지 이르렀다!/ 시장(市長)과 의회는/ 머리를 설레설레 흔들며 어찌할 방도를 모른다 (9연)// 시민들은 무기를 붙들고/ 성직자들은 다급히 종을 울린다/ 수호신전(守護神展)과/ 도덕국가의 영지(領地)가 위협당한다 (10연)// 종소리의 울림도, 성직자들의 기도 따위도/ 각하께서 친히 내리신 국법도/ 또한 대포도, 그 숱한 중화기도/ 오늘 너희에겐 쓸모 없다, 친구들아! (11연)// 진부한 웅변술로 아무리/ 듣기 좋은 말을 짜낸다 해도 오늘 너희에겐 소용이 없다/ 삼단논법으로는 쥐들을 사로잡지 못하나니/ 이놈들은 아무리 교활한 궤변이라도 훌쩍 뛰어넘는다 (12연)// 굶주린 위장 속에 들어올 수 있는 것은/ 만두의 근거가 섞인 스프의 논리일 뿐/ 괴팅엔 소시지의 인용을 곁들인/ 불고기의 논증(論證)일 뿐 (13연)// 버터에 버무려 튀겨낸, 말이 없는 마른 고기 한 마리가/ 과격한 쥐들의 배를 채우리라/ 미라보 같은 정치가보다/ 키케로 이후의 모든 웅변가들보다 훨씬 더 뛰어나게 (14연)

－〈시궁쥐들〉 전문

하이네의 시 〈시궁쥐들〉은 1869년 아돌프 슈트로트만(Adolf Strodtmann)에 의해 잡지 〈정자(亭子)〉에 게재되어 문단과 대중의 주목을 받았다. 시의 화자는 "쥐들"과 사람들의 적대적 대치 상황을 묘사하고 있다. 상상의 여지가 필요 없을 정도로 현실 상황이 적나라하게 재생된다. 비유를 통해 실체를 드러내는 존재는 "쥐들"뿐이다. "쥐들"은 이미 첫 연에서부터 제각기 상이한 사정을 갖고 있다. "굶주린 쥐들과 배부른 쥐들"의 대립구도가 뚜렷하게 나타난다. 그러나 시에서 나타나는 "쥐들"의 태도, 즉 "배부른 쥐들은 만족하여 집에 머물러 있지만/ 굶주린 쥐들은 두루 떠돌아다닌다"는 표현은 쥐의 생태적 속성과 일치하지 않는다. 그것은 시인의 의도가 "쥐들"에게 투영되었기 때문이다.

제2연과 제3연에서는 흔히 "쥐들"에 대해 갖고 있는 불쾌한 감정이 자극된다. 혐오감을 주는 동물이라는 일반적 관념에 집착한다면 "쥐떼"의 움직임을 표현하는 것만으로도 이 시는 독자들에게 거부감을 줄 수 있다. 그러나 시에서 "쥐들"은 상식과 고정관념을 초월하는 상징적 의미를 지니고 있다. 제4연에서 마침내 "쥐들"은 상징의 옷을 벗고 본모습을 여과 없이 드러낸다.

이들 이상한 놈들은 머리를 모두 똑같이 깎았다
아주 과격하게……

"똑같이"와 "과격하게"라는 두 개의 낱말은 시인이 "쥐들"에게 부여한 역사적 의미를 증명해 준다. 이 낱말들은 1848년 2월 파리에서 발발했던 사회주의 혁명을 상기시킨다. 혁명을 일으킨 자들은 1789년 프랑스 대혁명의 이념인 '평등'을 사회주의적 의미에서 실현하고자 투쟁했다. 그 투쟁의 단호한 태도로 인해 이들은 "과격분자들(Radikalen)"로 불렸다. 바로 이들이 하이네의 시에서 "격분하여 거침없이 내달리는" 시궁쥐들이다. 이들의 과격성 때문에 "바람도 뇌성벽력도 이들을 막지 못한다."

제5연에서부터는 "쥐들"의 행동에 대한 묘사가 더욱 치밀해진다. 사회주의 혁명을 일으킨 자들의 투쟁의식이 시인의 의식과 연합하는 과정을 보여 준다. 제5연을 구성하는 시의 언어는 1840년대 프랑스와 독일의 지방신문 및 카를 마르크스의 〈공산당 선언문〉을 통해 널리 알려진 선동적 어법을 연상하게 한다. "육신에만 의존하는 쥐들"은 신에 대한 종교적 신앙을 부정한다. 그들은 지배체제에 의해 강요된 도덕도 거부한다. 신도, 도덕도 그들의 경제적 기반을 착취하는 유산자들의 지배 논리를 대변해 주기 때문이다.

그들은 생존에 필요한 본능적 욕구를 억압당하고 기본적 권리를 박탈당했다는 판단 아래 자신들의 욕구 충족과 권리 실현을 위해 모든 힘을 쏟아붓는다. "게걸스럽게 먹어치우고 숨넘어갈 듯 마시려고만 한다"는 표현이 그들의 절박한 심정을 말해 준다. 따라서 "영혼이 불멸한다"는 가르침은 그들에게는 언어의 유희에 지나지 않는다(제6연). "종교는 민중의 아편"이라고 비판했던 카를 마르크스의 견해가 이제는 그들의 견해가 되었다. 그들의 시각으로 볼 때, "영혼이 불멸한다"는 믿음은 유산자들의 물질적 소유에서 비롯된 여유와 안락의 부산물일 뿐이다. 무산자들은 재산도 돈도 없으므로 최소한의 생활기반을 위해 물질을 공유하고자 한다. 제5연의 "암컷들을 공동으로 차지한다"는 것과 제7연의 "새로이 세상을 분할하길 원한다"는 것은 사회주의가 지향하는 물질적 평등을 시사하고 있다.

제8연에서부터 상황은 급변한다. "쥐들"은 물질적 평등이 실현되는 세상을 창조하기 위해 성문 앞까지 다다른다. 기득권층은 이들의 투쟁을 막아낼 비책을 연구하지만, 결국 "어찌할 방도를 찾지 못하여 머리만 설레설레 흔들고 있다."(제9연) 평화롭게 생활하던 시민이 쥐들의 습격에 당황해하며 무기를 찾느라 분주하다. 성직자들은 왕, 귀족, 유산자들에게 위험을 알리기 위해 "종(鍾)을 울린다." 가련한 자들에게 신의 은총을 전해 주던 하늘의 전령 "종"이 어찌하여 지배자들의 안전을 지켜 주는 경보 사이렌으로 변질되었는가?

"종소리의 울림"이 도시 전체를 불안스럽게 뒤흔든다. "쥐들"의 공격이 기득권층의 생활을 위협하는 정도를 넘어 부르주아의 경제적 토대인 영지(領地)를 무너뜨리고 부르주아 중심의 정치체제를 전복하려고 하기 때문이다(제10연). "쥐들"의 혁명적 행동이 절정의 불꽃으로 타오르는 제11연에서부터 시인의 역할이 바뀐다. 그는 제10연에 이르기까지 화자 혹은 서술자의 역할만을 고수했지만, 시의 후반부에 이르러서는 시민에게 경고하고 교화하는 참여자의 역할을 적극적으로 수행한다.

시인은 유산자들이 방어책으로 제시하는 모든 논리가 "쓸모없는

것"이며 사실상 무산자들의 단결된 힘 앞에서 패배한 것이나 다름
없음을 알려 주고 있다. 시인은 무산자들의 공격을 막아 낼 수 있
는 유일한 방어책이 "스프의 논리"와 "불고기의 논증"에 있다고 주
장한다. "스프의 논리"와 "불고기의 논증"은 인간의 생존을 가능
케 하는 최소한의 생활조건과 기본적 인권을 상징한다(제13연). 이
조건이 충족되지 않거나 인권이 실현되지 않는다면 착취당하는 자
들과 착취하는 자들 간의 대립은 더욱 격화될 것이며, 물질적 평등
의 사회로 나아가는 길은 막히게 될 것이다. 미라보(Mirabeau)[8]처럼
훌륭한 정치가의 연설도, 키케로처럼 대중을 감동시키는 웅변술도
민중의 인권과 생존권을 보장하는 지름길의 이정표가 되지 못한다
면 "소용없는" 언어의 유희에 불과하다는 것을 하이네는 "만두의
근거"와 "소시지의 인용"으로 논증하고 있다.

　하인리히 하이네의 대표적 저항시 〈시궁쥐들〉과 〈슐레지엔의 직
조공들〉은 지식인들의 뇌리에 각성의 "종"을 울린다. 시인과 작가
의 역할을 논하기에 앞서 억압받는 민중에 대한 대변자의 역할은
시대를 초월하는 지식인의 소명임을 말이다.

••••••

8　1749~1791. 프랑스의 정치가이자 웅변가. 프랑스 혁명이 일어나자 제3신분인 평민
의 대표로 국민 의회에 나가 그 성립에 중요한 역할을 했고, 박학과 능란한 웅변으로 삼
부회의 지도적 인물로 활약했다.

"낡아버린 독일이여, 우리는 너의 수의를 짠다."

– 하인리히 하이네의 〈슐레지엔의 직조공들〉 중에서

윤동주의 《하늘과 바람과 별과 시》

청년 시절의 윤동주 시인(1917~1945)과
'정음사'에서 출간된 그의 시전집 《하늘과 바람과 별과 시》 표지

우리의 모국어는
한국인의 사랑을 전해 주는 전령(傳令)입니다.
잊히지 않는 사랑의 추억이
한국인의 이름 속에 살아 있습니다.
이웃의 무너진 마음을 어루만지는 위로의 손길이
한국인의 말 속에 살아 있습니다.
가족의 가슴에 '별'을 아로새기는 희망의 노래가
한국인의 글 속에 살아 있습니다.
우리의 모국어는
한국인의 사랑이 끊임없이 용솟음치는
생명의 핏줄입니다.

- 현대인에게 주는 윤동주의 편지

정의와 사랑의 변주곡

－윤동주의《하늘과 바람과 별과 시》

사랑의 시인, 윤동주

한민족(韓民族)의 저항시인으로 널리 알려진 윤동주. 그는 자아 성찰에 투철했던 시인이었다. 그의 시는 "나" 자신의 한계 상황을 깨닫는 지점에서부터 출발한다. "나"의 부족함이 무엇인지를 잘 알고 있기 때문에 "부끄럽다"라는 말을 진실하게 고백한다. 부끄러움의 고백에 귀를 기울여 보자.

"잎새에 이는 바람에도 괴로워 했다." －〈서시〉
"어쩐지 그 사나이가 미워져 돌아갑니다." －〈자화상〉
"백골을 들여다보며 눈물짓는다." －〈또 다른 고향〉
"밤을 새워 우는 벌레는 부끄러운 이름을 슬퍼하는 까닭입니다."
　　－〈별 헤는 밤〉
"시가 이렇게 쉽게 쓰여지는 것은 부끄러운 일이다." －〈쉽게 쓰여진 시〉

대표작으로 손꼽히는 위의 시 5편에서 윤동주 시인은 "부끄러운 이름"과 "부끄러운 일"을 망설임 없이 말하고 있다. 〈서시〉에서의 괴로움과 〈또 다른 고향〉에서의 눈물은 부끄러움의 또 다른 이름이다. 식민지 백성의 무력함을 뼈저리게 고통스러워하는 지식인의 절망을 느낄 수 있다. 그러나 이처럼 현실적 한계 상황의 벽에 부닥쳐 괴로움의 열병을 앓는 것은 그만큼 "나" 자신을 아는 길의 출발점이 된다. 그것은 "나"의 한계를 극복할 수 있는 가능성과 함께 진정한 나의 모습을 되찾기 위한 노력의 시작을 뜻한다.

어둠 속에서 곱게 풍화작용하는
백골을 들여다보며
눈물짓는 것이 내가 우는 것이냐
백골이 우는 것이냐
아름다운 혼이 우는 것이냐

지조 높은 개는
밤을 새워 어둠을 짖는다

어둠을 짖는 개는
나를 쫓는 것일 게다

가자 가자

쫓기우는 사람처럼 가자

백골 몰래
아름다운 또 다른 고향에 가자

- 〈또 다른 고향〉 중에서

　시 〈또 다른 고향〉에서 노래한 것처럼 한계에서 벗어나지 못하
고 있는 "나" 자신은 "백골"과 같다. 그러나 시인은 백골의 한계를
극복하고 진정한 "나"의 모습인 아름다운 혼을 향해 비상하고자
한다. "어둠 속에서 풍화작용하는 백골"의 무력함을 자각하는 지성
의 힘이 "나"의 한계 상황을 이겨내고 일제(日帝)에 대해 맞서 싸우
는 저항의식을 가능케 한다. 이 저항의식은 "어둠을 짖는" 능동적
행위로 나타난다. 미래의 유토피아인 "아름다운 또 다른 고향"을
기대할 수 있는 것도 "나" 자신에 대한 자각과 성찰이 없다면 불가
능하다.
　그렇다면 이러한 '지성'을 바탕으로 윤동주 시인이 다가서고자
하는 아름다운 또 다른 고향은 그의 역사의식에 비추어 볼 때 어
떤 얼굴을 가진 유토피아일까? 일제의 식민 통치로부터 해방된 독
립국가의 시민으로서 '자유'를 누리는 세계임은 두말할 필요도 없
다. 윤동주가 꿈꾸는 유토피아는 조국의 독립을 시작으로 한반도
의 모든 사람이 평등하게 사랑을 나누는 세계이며 사랑의 힘으로

✖ 중국 조선족 자치구역 내 룽징(龍井) 시 밍동(明洞)에 위치한 시인 윤동주의 생가.

자연과 조화를 이루는 낙원이기도 하다. 이러한 이상적 세계를 윤동주 시인은 〈서시〉에서 "별"이라 부르고 있다. 실제로 그는 〈별 헤는 밤〉에서 "소년 시절에 책상을 같이 했던 아이들", "패 경 옥 이런 이국 소녀들", "벌써 애기 어머니 된 계집애들", "가난한 이웃 사람들", "비둘기, 강아지, 토끼, 노루, 노새"와 함께 나누었던 순수한 사랑을 그리워한다.

소학교 때 책상을 같이 했든 아이들의 이름과

패, 경, 옥 이런 이국 소녀들의 이름과

벌써 애기 어머니 된 계집애들의 이름과,

가난한 이웃사람들의 이름과

비둘기, 강아지, 토끼, 노새, 노루,

"프랑시스 쟘" "라이넬 마리아 릴케" 이런 시인의 이름을 불러봅
니다.

-〈별 헤는 밤〉 중에서

시인의 그리움은 사람들에게만 흘러가는 것이 아니다. '자연'도
그리움의 물결로 세례를 받는다. 사람들과 함께 나누었던 시인의
사랑은 "비둘기, 강아지, 토끼, 노루, 노새" 등 고향의 자연을 품어
안는다. 윤동주 시인의 내면에 넘치는 사랑은 인간의 세계에 갇혀
있지 않았다. 그의 사랑은 자연만물을 끌어안는 생명의식(生命意識)
의 차원으로 승화되었다. 그러므로 윤동주 시인이 자신의 부끄러
움을 극복해 나가면서 도달하고자 하는 유토피아는 휴머니즘과 생
태주의(生態主義)가 동시에 실현되는 낙원이다. 이 낙원은 윤동주의
시에서 다양한 이름들을 갖고 있다. 〈참회록〉의 "그 어느 즐거운
날", 〈서시〉의 "별", 〈쉽게 쓰여진 시〉의 "시대처럼 올 아침", 〈또
다른 고향〉의 "아름다운 또 다른 고향"은 시인이 불러 보는 이름들
과 함께 영원히 동거하고 싶은 낙원이다. 낡은 백골이었던 "나"는
아름다운 혼을 가진 나로 변화되어 "별"과 같은 낙원의 시민으로
살아가길 소망한다.

그러나 하늘의 별따기란 말이 있듯이, "별"에 도달하는 길은 아
득하기만 하다. '유토피아'라는 낱말의 원어적 의미가 "그 어디에

도 없는 곳"이란 뜻임을 돌이켜 보면 그만큼 낙원으로 가는 길은 멀고 험하다는 사실을 알 수 있다. "별"과 나 사이를 가로막는 거친 바람을 뛰어넘어야만 하기 때문이다. 그러나 윤동주 시인은 "모든 죽어가는 것을 사랑"하는 것만이 시대의 "바람"을 헤치고 "별"의 세계에 이를 수 있는 길이라고 말한다. 그에게 "주어진 길"을 함께 걸어가 보자.

모국어는 "별"에 이르는 "사랑"의 길

죽는 날까지 하늘을 우러러

한 점 부끄럼이 없기를,

잎새에 이는 바람에도

나는 괴로워했다.

별을 노래하는 마음으로

모든 죽어가는 것을 사랑해야지

그리고 나한테 주어진 길을

걸어가야겠다.

오늘밤에도 별이 바람에 스치운다.

– 〈서시〉 전문

"별"과 같은 유토피아, 별을 닮은 낙원에 이르는 길은 사랑의 힘에 의지하지 않으면 갈 수 없는 길이다. 별에 이르는 길을 막아서

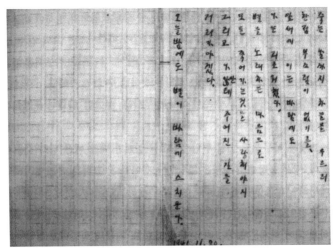

죽는 날까지 하늘을 우러러
한점 부끄럼이 없기를,
잎새에 이는 바람에도
나는 괴로워했다.
별을 노래하는 마음으로
모든 죽어 가는 것을 사랑해야지
그리고 나한테 주어진 길을
걸어가야겠다.

오늘밤에도 별이 바람에 스치운다.

1941. 11. 20.

✖ 시인 윤동주의 육필로 기록된 〈서시〉

는 바람을 이겨낼 힘도 사랑 안에서만 얻을 수 있다. 이것을 일제
는 잘 알고 있었던 것일까? 사랑의 연결 고리를 끊어 놓고 사랑의
네트워크를 파괴하면 한민족은 별을 향한 희망을 가질 수 없으리
라고 믿었던 것일까? 일제가 우리의 모국어를 말살하려고 수단과
방법을 가리지 않았던 이유는 너무나 분명하다. 모국어는 그 나라
사람들의 정서와 사랑을 주고받는 '미디어(매체)'이기 때문이다. 일
제가 '민족문화말살정책'을 통해 우리의 이름, 우리의 말, 우리의
글을 사용할 수 없게 만든 것은 한국인의 정서를 메마르게 하고 한
국인들 간의 사랑을 단절시키는 결과를 낳는다. 이것에 고통스러
워하는 존재는 다름 아닌 시인이다. 모국어의 죽음과 동시에 정서
와 사랑도 죽어 간다는 것을 시인은 알았던 것이다.

〈서시〉에서 윤동주 시인은 "모든 죽어가는 것을 사랑해야지"라고 고백하고 있다. 이 모든 죽어가는 것들 안에는 한국의 백성, 한국인의 주권, 한국인의 자유, 한국인의 자연뿐만 아니라 한국인의 모국어도 포함되어 있다. 모국어로 주고받는 한국인의 정서와 사랑도 빼놓을 수 없는 것이다. 모국어가 말살당하는 것을 느낄 때마다 윤동주 시인은 정서의 죽음과 사랑의 죽음을 함께 느낀다. 시인은 누구보다도 사랑에 민감한 사람이기 때문이다.

시 〈별 헤는 밤〉에서 어린 시절 친구들의 이름, 가난한 이웃 사람들의 이름, 자연만물의 이름을 불러 보고 그들과 함께 나누었던 사랑을 그리워하는 것은 모국어를 통한 사랑의 나눔이 단절되고 있음을 느끼기 때문이다. 그들을 향한 사랑을 노래할수록 모국어를 빼앗아 가는 일제에 대한 저항의식이 강해질 수밖에 없다. 일제의 폭력에 맞서 싸우려는 저항의식이 강해질수록 어린 시절을 함께 보냈던 사람들과 생명들을 향한 사랑이 더욱 절실해진다.

서정성이 저항의식을 낳는 원천이요, 저항의식은 서정성을 강화시키는 에너지가 된다. 사랑을 노래하는 서정의 힘이 정의를 추구하는 도덕성을 강화시켜 주고, 정의를 실현하려는 도덕성이 서정의 힘을 더욱 풍부하게 가꾸어 준다. 그 대표적 예가 되는 작품이 시 〈십자가〉다. 이 시에서 윤동주는 이웃과 동포를 향한 헌신을 예수 그리스도의 희생에 비유하고 있다. 하느님의 사랑을 이 땅에 실현하기 위해 불의(不義)의 세력에 맞서 항거하는 것은 '의(義)에 주리고 목마른 자'의 사명이자 '이웃을 내 몸처럼 사랑하는' 자의 도리이기도 하다. 하느님께 받은 시인의 사랑은 '의'의 원천이요, 예수 그리스도의 '의'는 사랑을 살찌우는 에너지임을 이보다 더 잘 표현한 작품을 찾기 어려울 것이다.

괴로웠던 사나이,
행복한 예수 그리스도에게처럼
십자가가 허락된다면

모가지를 드리우고
꽃처럼 피어나는 피를
어두워가는 하늘 밑에
조용히 흘리겠습니다.

－〈십자가〉 중에서

독일의 신학자 디트리히 본회퍼(Dietrich Bonhoeffer)는 자신의 저서《나를 따르라(Nachfolge)》에서 "하느님의 현실이 예수 그리스도 안에서 이 세상의 현실로 들어왔다"고 말했다. 예수 그리스도는 바로 이 '세상'의 사람들, 즉 가난한 자, 고아, 과부, 창녀, 세리, 병자들을 하느님의 사랑으로 구원하기 위해 열악한 '세상의 현실'을 십자가에 짊어지고 갔다는 것이다. 하느님의 사랑으로 수많은 사람의 생명을 살려내는 것이 곧 하느님의 의(義)를 '따르는' 예수 그리스도의 '현실'임을 의미한다.

시 〈십자가〉에서 고백하고 있는 것처럼 윤동주 시인도 예수 그리스도의 길을 '따르는' 문학적 사도(使徒)임을 알 수 있다. 막힘없고, 마르지 않으며, 시간의 한계를 초월해 대대로 유전되고, 누구에게나 공평하게 나눠지는 하느님의 사랑. 그의 사랑을 유산으로 물려받은 시인 윤동주는 한반도에서 "모든 죽어가는 것"의 생명을 살려내기 위해 오직 사랑의 힘으로 일제의 세력에 맞서 싸웠다. 전쟁터의 칼과 창이 아닌 언어의 창검(槍劍)으로 하느님의 의(義)를 실현하고자 헌신했다.

윤동주의 항거는 마하트마 간디(Mahatma Gandhi), 독일의 레지스탕스 '백장미', 예수 그리스도의 평화적 항거와 매우 닮아 있다. 명분은 분명해도 처음부터 마지막까지 무력과 폭력에 의존하지 않는 순백의 꽃잎 같은 항거였다. 이렇게 꽃처럼 피어나는 희생의 피를 어두워 가는 조국의 하늘 밑에 흘리는 것이 윤동주 시인의 "십자가"이자 그의 '현실'이 아니었을까?

유토피아를 닮은 별을 향해 "나한테 주어진 길을" 예수 그리스도처럼 희생하며 걸어가는 것이 시인의 현실이었다.

그런데 한반도의 사람들을 포함해 세계 만민과 함께 하느님의 사랑을 나누게 될 "아름다운 또 다른 고향"을 꿈꾸며 걸어가는 것은 윤동주의 현실일 뿐만 아니라 하느님을 믿는 모든 이의 현실이기도 하다. 윤동주의 문학이 갖는 세계적 가치를 바로 이 점에서 찾을 수 있다. "가장 민족적인 것이 가장 세계적인 것"이라고 말했던 괴테의 견해에 비추어 볼 때 윤동주의 문학은 민족, 국가, 국민에 대한 사랑을 하느님의 사랑 속에 담아 보편적 휴머니즘으로 승화시켰다. 그의 시는 세계 문학의 반열에 오를 만한 자격을 충분히 갖추고 있다.

"별을 노래하는 마음으로
모든 죽어가는 것을 사랑해야지
그리고 나한테 주어진 길을
걸어가야겠다."

– 윤동주의 시 〈서시〉 중에서

"꽃처럼 피어나는 피를
어두워가는 하늘밑에
조용히 흘리겠습니다."

– 윤동주의 시 〈십자가〉 중에서

현대인이 꼭 읽어야 할 인문학 명저

현대인이 꼭 읽어야 할 인문학 명저

(대한민국 표기법에 따른 저자 이름의 가, 나, 다 순)

가. 철학과 사상 분야의 명저

공자, 《논어》

노자, 《도덕경》

르네 데카르트, 《방법서설》

마르틴 부버, 《나와 너》

마르틴 하이데거, 《존재와 시간》

맹자, 《맹자》

아리스토텔레스, 《정치학》

아우구스티누스, 《고백록》

이마누엘 칸트, 《순수이성비판》

이이, 《격몽요결》

지그문트 프로이트, 《꿈의 해석》

카를 야스퍼스, 《이성과 실존》

파스칼, 《팡세》

프리드리히 니체, 《짜라투스트라는 이렇게 말했다》

플라톤, 《국가》 《대화론》

나. 사회와 역사 분야의 명저

라인홀드 니부어, 《도덕적 인간과 비도덕적 사회》

마르코 폴로, 《동방견문록》

막스 베버, 《프로테스탄티즘의 윤리와 자본주의 정신》

박지원, 《열하일기》

사마천, 《사기》

새뮤얼 헌팅턴, 《문명의 충돌》

시오노 나나미, 《로마인 이야기》

신채호, 《조선상고사》

아널드 토인비, 《역사의 연구》

아리스토텔레스, 《시학》

앤서니 기든스, 《제3의 길》

앨빈 토플러, 《제3의 물결》

에드워드 기번, 《로마 제국 쇠망사》

에드워드 사이드, 《오리엔탈리즘》

에드워드 카, 《역사란 무엇인가》

에른스트 슈마허, 《작은 것이 아름답다》

에리히 프롬, 《자유로부터의 도피》

에릭 홉스봄, 《혁명의 시대》

이븐 바투타, 《이븐 바투타 여행기》

일연, 《삼국유사》

잉게 숄, 《아무도 미워하지 않는 자의 죽음(원저 '백장미')》

장 자크 루소, 《사회계약론》《에밀》

정약용, 《목민심서》

존 듀이, 《민주주의와 교육》

존 스튜어트 밀, 《자유론》
카를 마르크스, 《자본론》
토머스 모어, 《유토피아》
클로드 레비스트로스, 《슬픈 열대》

다. 문학 분야의 명저(소설, 희곡, 문학이론)

가브리엘 마르케스, 《백년의 고독》
가와바타 야스나리, 《설국》
귄터 그라스, 《양철북》
나관중, 《삼국지연의》
너대니얼 호손, 《주홍글씨》
니코스 카잔차키스, 《그리스인 조르바》
단테, 《신곡》
대니얼 디포, 《로빈슨 크루소》
레프 톨스토이, 《부활》《전쟁과 평화》
리처드 버턴, 《아라비안 나이트》
마르셀 프루스트, 《잃어버린 시간을 찾아서》
마르쿠스 아우렐리우스, 《명상록》
마크 트웨인, 《허클베리 핀의 모험》
무라카미 하루키, 《상실의 시대》
미겔 데 세르반테스, 《돈키호테》
박경리, 《토지》
베르톨트 브레히트, 《사천의 착한 사람》
보들레르, 《악의 꽃》

보리스 파스테르나크,《닥터 지바고》

빅토르 위고,《노트르담의 꼽추》《레 미제라블》

사뮈엘 베케트,《고도를 기다리며》

생텍쥐페리,《어린 왕자》

소포클레스,《오이디푸스 왕》

시내암,《수호지》

아놀드 하우저,《문학과 예술의 사회사》

아서 밀러,《세일즈맨의 죽음》

알렉산드르 솔제니친,《이반 데니소비치 수용소의 하루》

알렉상드르 뒤마,《몬테크리스토 백작》

알베르 카뮈,《이방인》《페스트》

어니스트 헤밍웨이,《노인과 바다》

에드거 앨런 포,《단편선집》

에밀리 브론테,《폭풍의 언덕》

오승은,《서유기》

오에 겐자부로,《사육》

요한 볼프강 폰 괴테,《빌헬름 마이스터의 수업 시대》
                      《젊은 베르테르의 슬픔》《파우스트》

윌리엄 셰익스피어,《리어왕》《맥베스》《오셀로》《햄릿》

이솝,《이솝 우화집》

제인 오스틴,《오만과 편견》

조너선 스위프트,《걸리버 여행기》

조정래,《태백산맥》

존 밀턴,《실낙원》

존 버니언,《천로역정》

조지 오웰,《동물농장》

토마스 만,《마의 산》
토마스 불핀치,《그리스 로마 신화》
표도르 도스토옙스키,《죄와 벌》《카라마조프가의 형제들》
프란츠 카프카,《변신》
프리드리히 실러,〈도적떼〉,〈빌헬름 텔〉
플루타르코스,《플루타르크 영웅전》
찰스 디킨스,《위대한 유산》《크리스마스 캐럴》
허균,《홍길동전》
허먼 멜빌,《모비 딕》혹은《백경》
헤르만 헤세,《나르치스와 골드문트》《데미안》
해리엇 스토,《톰 아저씨의 오두막》
헨리 데이비드 소로,《월든》
홍명희,《임꺽정(시리즈)》

라. 문학 분야의 명저(시)

두보,《두보 시집》
라이너 마리아 릴케,《젊은 시인에게 보내는 편지》
엘리엇(T. S. Eliot),《황무지》
월트 휘트먼,《풀잎》
윤동주,《하늘과 바람과 별과 시》
이백,《이백 시집》
프리드리히 횔덜린,《히페리온의 노래. 횔덜린의 자유와 사랑의 시》
하인리히 하이네,《바다의 망령》
호메로스,《일리아스》《오디세이아》

참고문헌

제1장 철학과 사상 분야의 명저 이야기

첫 번째 이야기 공자의 《논어》

- 공자·맹자 지음, 《논어·맹자》, 세계사상전집 1, 학원출판공사, p. 14.
- 공자·맹자 지음, 《논어·맹자》, 세계사상전집 1, 학원출판공사, p. 174.
- 〈요한복음〉 13장 34절, 개역개정판 《성경》.
- 〈마태복음〉 22장 39절, 개역개정판 《성경》.

두 번째 이야기 맹자의 《맹자》

- 한완상 지음, 《민중과 지식인》, 正宇社, 1978, p. 17~19.
- 한완상 지음, 《민중과 지식인》, 正宇社, 1978, p. 17~20.
- 라인홀드 니부어 지음, 《도덕적 인간과 비도덕적 사회》, 이한우 옮김, 문예출판사, 1992, p. 238.
- 라인홀드 니부어 지음, 《도덕적 인간과 비도덕적 사회》, 이한우 옮김, 문예출판사, 1992, p. 236.
- 맹자 지음, 《맹자》, 우재호 옮김, 을유문화사, 2007, p. 11.
- 맹자 지음, 《맹자》, 우재호 옮김, 을유문화사, 2007, p. 552~556.

세 번째 이야기 노자의 《도덕경》

- 노자 지음, 《노자 도덕경》, 황병국 옮김, 범우사, 서울, 1986.
- 노자 지음, 《노자 도덕경》, 황병국 옮김, 범우사, 서울, 1986, p. 13~14, 참고.
- 노자 지음, 《노자 도덕경》, 황병국 옮김, 범우사, 서울, 1986, p. 86.
- 노자 지음, 《노자 도덕경》, 황병국 옮김, 범우사, 서울, 1986, p. 87.

- 노자 지음,《노자 도덕경》, 황병국 옮김, 범우사, 서울, 1986, p. 68.
- 노자 지음,《노자 도덕경》, 황병국 옮김, 범우사, 서울, 1986, p. 62.
- 이마누엘 칸트,《순수이성비판》, 이명성 옮김, 홍신문화사, p. 176~177.
- 노자 지음,《노자 도덕경》, 황병국 옮김, 범우사, 서울, 1986, p. 21.
- 李耳 지음,《노자》, 송지영 역해(譯解), 세계사상전집 3, 학원출판공사, 1984, p. 181.
- 李耳 지음,《노자》, 송지영 역해(譯解), 세계사상전집 3, 학원출판공사, 1984, p. 186.
- 노자 지음,《도덕경》, 황병국 옮김, 범우사, p. 82.
- 마르틴 부버 지음,《나와 너》, 표재명 옮김, 문예출판사, 1977, 참고.
- 마르틴 부버 지음,《나와 너》, 표재명 옮김, 문예출판사, 1977, p. 12.
- 노자 지음,《도덕경》, 황병국 옮김, 범우사, p. 116.
- 《노자》, 송지영 역해(譯解), p. 246.

네 번째 이야기 아우구스티누스의 《고백록》

- 성 어거스틴 지음,《고백록》, 김광채 옮김, CLC, 2004.
- 성 어거스틴 지음,《참회록》, 김종웅 옮김, 크리스찬다이제스트, 2001.
- 성 어거스틴 지음,《고백록》, 김광채 옮김, CLC, 2004, p. 201.
- 성 어거스틴 지음,《고백록》, 김광채 옮김, CLC, 2004, p. 201~202.
- 성 어거스틴 지음,《고백록》, 김광채 옮김, CLC, 2004, p. 322.
- 성 어거스틴 지음,《고백록》, 김광채 옮김, CLC, 2004, p. 323.
- 성 어거스틴 지음,《고백록》, 김광채 옮김, CLC, 2004, p. 91.
- 성 어거스틴 지음,《고백록》, 김광채 옮김, CLC, 2004, p. 201.
- 성 어거스틴 지음,《고백록》, 김광채 옮김, CLC, 2004, p. 91.
- 성 어거스틴 지음,《고백록》, 김광채 옮김, CLC, 2004, p. 202.
- 성 어거스틴 지음,《고백록》, 김광채 옮김, CLC, 2004, p. 73~74.
- 성 어거스틴 지음,《고백록》, 김광채 옮김, CLC, 2004, p. 327.
- 성 어거스틴 지음,《고백록》, 김광채 옮김, CLC, 2004, p. 326.

- 성 어거스틴 지음,《고백록》, 김광채 옮김, CLC, 2004, p. 329.
- 성 어거스틴 지음,《고백록》, 김광채 옮김, CLC, 2004, p. 326.
- 성 어거스틴 지음,《고백록》, 김광채 옮김, CLC, 2004, p. 330.

여섯 번째 이야기 마르틴 부버의《나와 너》

- 마르틴 부버 지음,《나와 너》, 표재명 옮김, 문예출판사, 1993, p. 5, 6.
- 마르틴 부버 지음,《나와 너》, 표재명 옮김, 문예출판사, 1993, p. 17, 20.
- 마르틴 부버 지음,《나와 너》, 표재명 옮김, 문예출판사, 1993, p. 17, 20.
- 마르틴 부버 지음,《나와 너》, 표재명 옮김, 문예출판사, 1993, p. 8.
- 마르틴 부버 지음,《나와 너》, 표재명 옮김, 문예출판사, 1993, p. 12.
- 마르틴 부버 지음,《나와 너》, 표재명 옮김, 문예출판사, 1993, p. 21.
- Gerhard Wehr,《Martin Buber》, Reinbek bei Hamburg, 1968, S. 17.
- Gerhard Wehr,《Martin Buber》, Reinbek bei Hamburg, 1968, S. 52.
- Gerhard Wehr,《Martin Buber》, Reinbek bei Hamburg, 1968, S. 13.

제2장 사회와 역사 분야의 명저 이야기

첫 번째 이야기 연암 박지원의《열하일기》

- 박지원 지음,《열하일기》, 민족문화추진회 편, 솔, 1997, p. 297, 참고.
- 박지원 지음,《열하일기》, 민족문화추진회 편, 솔, 1997, p. 12.
- 송용구 지음,《대중문화와 대중민주주의》, 담장너머, 2009, p. 52.
- 《열하일기》, p. 233~245.
- 《열하일기》, p. 235.

- 《열하일기》, p. 236.
- 《열하일기》, p. 239.
- 《열하일기》, p. 140, 164, 참고.

두 번째 이야기 토머스 모어의 《유토피아》

- 토머스 모어 지음, 《유토피아》, 나종일 옮김, 서해문집, 2005, 참고.
- 토머스 모어 지음, 《유토피아》, 나종일 옮김, 서해문집, 2005, p. 14.
- 토머스 모어 지음, 《유토피아》, 나종일 옮김, 서해문집, 2005, p. 112.
- 토머스 모어 지음, 《유토피아》, 나종일 옮김, 서해문집, 2005, p. 116.
- 토머스 모어 지음, 《유토피아》, 나종일 옮김, 서해문집, 2005, p. 58~60.
- 토머스 모어 지음, 《유토피아》, 정순미 풀어씀, 풀빛, 2006, p. 71.
- 카를 마르크스(맑스) 지음, 《자본 I-1》, 김영민 옮김, 이론과실천, 1987, p. 17.
- 《유토피아》, 서해문집, p. 112.
- 《유토피아》, 서해문집, p. 113.
- 《유토피아》, 서해문집, p. 115.
- 《유토피아》, 서해문집, p. 114.
- 《유토피아》, 서해문집, p. 116.
- 《유토피아》, 서해문집, p. 117.
- 《유토피아》, 서해문집, p. 119.
- 《유토피아》, 풀빛, p. 102.

세 번째 이야기 에드워드 카의 《역사란 무엇인가?》와
           아널드 토인비의 《역사의 연구》

- 카(Edward Hallett Carr) 지음, 《역사란 무엇인가》, 권오석 옮김, 홍신문화사, p. 35.
- 카(Edward Hallett Carr) 지음, 《역사란 무엇인가》, 권오석 옮김, 홍신문화사, p. 35.

- 카(Edward Hallett Carr) 지음, 《역사란 무엇인가》, 권오석 옮김, 홍신문화사, p. 198.
- 카(Edward Hallett Carr) 지음, 《역사란 무엇인가》, 권오석 옮김, 홍신문화사, p. 199.
- 카(Edward Hallett Carr) 지음, 《역사란 무엇인가》, 권오석 옮김, 홍신문화사, p. 30.
- 카(Edward Hallett Carr) 지음, 《역사란 무엇인가》, 권오석 옮김, 홍신문화사, p. 8.
- 카(Edward Hallett Carr) 지음, 《역사란 무엇인가》, 권오석 옮김, 홍신문화사, p. 35.
- 아널드 토인비 지음, D. C. 서머벨 엮음, 《역사의 연구 1》, 박광순 옮김, 범우사, 1992, p. 103.
- 아널드 토인비 지음, D. C. 서머벨 엮음, 《역사의 연구 1》, 박광순 옮김, 범우사, 1992, p. 100.

네 번째 이야기 잉게 숄의 《아무도 미워하지 않는 자의 죽음》

- 잉게 숄 지음, 《아무도 미워하지 않는 자의 죽음》, 송용구 옮김, 평단, 2012, p. 90.
- 잉게 숄 지음, 《아무도 미워하지 않는 자의 죽음》, 송용구 옮김, 평단, 2012, p. 90~91.
- 잉게 숄 지음, 《아무도 미워하지 않는 자의 죽음》, 송용구 옮김, 평단, 2012, p. 93.
- 잉게 숄 지음, 《아무도 미워하지 않는 자의 죽음》, 송용구 옮김, 평단, 2012, p. 94.

다섯 번째 이야기 에리히 프롬의 《자유로부터의 도피》와
조지 오웰의 《동물농장》

- 에리히 프롬 지음, 《자유로부터의 도피》, 원창화 옮김, 홍신문화사, p. 157.
- 에리히 프롬 지음, 《자유로부터의 도피》, 원창화 옮김, 홍신문화사, p. 173.
- 조지 오웰 지음, 《동물농장》, 도정일 옮김, 민음사, 1998, p. 118.
- 에리히 프롬 지음, 《자유로부터의 도피》, 원창화 옮김, 홍신문화사, p. 120.
- 에리히 프롬 지음, 《자유로부터의 도피》, 원창화 옮김, 홍신문화사, p. 175.
- 에리히 프롬 지음, 《자유로부터의 도피》, 원창화 옮김, 홍신문화사, p. 121.

- 에리히 프롬 지음, 《자유로부터의 도피》, 원창화 옮김, 홍신문화사, p. 194.
- 아널드 토인비 지음, D. C. 서머벨 엮음, 《역사의 연구 1》, 박광순 옮김, 범우사, 1992, p. 100.

여섯 번째 이야기 앨빈 토플러의 《제3의 물결》과
에른스트 슈마허의 《작은 것이 아름답다》

- 앨빈 토플러 지음, 《제3의 물결》, 원창엽 옮김, 홍신문화사, 2008, p. 505.
- 앨빈 토플러 지음, 《제3의 물결》, 원창엽 옮김, 홍신문화사, 2008, p. 370.
- 앨빈 토플러 지음, 《제3의 물결》, 원창엽 옮김, 홍신문화사, 2008, p. 504.
- 앨빈 토플러 지음, 《제3의 물결》, 원창엽 옮김, 홍신문화사, 2008, p. 566.
- 앨빈 토플러 지음, 《제3의 물결》, 원창엽 옮김, 홍신문화사, 2008, p. 100.
- 앨빈 토플러 지음, 《제3의 물결》, 원창엽 옮김, 홍신문화사, 2008, p. 373~374.

제3장 문학 분야의 명저 이야기 – 소설과 드라마

첫 번째 이야기 프리드리히 실러의 《도적 떼》와 《빌헬름 텔》

- 프리드리히 실러 지음, 《도적 떼》, 김인순 옮김, 열린책들, 2009.
- 프리드리히 실러 지음, 《군도》, 박찬기 옮김, 서문당, 1975.

두 번째 이야기 허먼 멜빌의 《모비 딕》과 월트 휘트먼의 《풀잎》

- 허먼 멜빌 지음, 《백경 2》, 현영민 옮김, 신원문화사, 2005, p. 474.
- 허먼 멜빌 지음, 《백경 2》, 현영민 옮김, 신원문화사, 2005, p. 493.

- 허먼 멜빌 지음, 《백경 2》, 현영민 옮김, 신원문화사, 2005, p. 518.
- 허먼 멜빌 지음, 《백경 2》, 현영민 옮김, 신원문화사, 2005, p. 524.
- 허먼 멜빌 지음, 《백경 1. 2》, 현영민 옮김, 신원문화사, 2005.
- 《백경 1》, p. 42.
- 《백경 2》, p. 524.

세 번째 이야기 보리스 파스테르나크의 《닥터 지바고》와 《신약성경》

- 보리스 파스테르나크 지음, 《닥터 지바고》, 김재경 옮김, 혜원출판사, 1992, 참고.
- 김재경 지음, 《보리스 파스테르나크의 생애와 작품》, 같은 책, p. 601.
- 《닥터 지바고》, p. 603.
- 《닥터 지바고》, p. 609.
- 《닥터 지바고》, p. 605.
- 《닥터 지바고》, p. 557~598.
- 《닥터 지바고》, p. 557.
- 프리드리히 횔덜린 지음, 《히페리온의 노래》, 송용구 옮김, 고려대학교 출판부, 2004, p. 81.
- 《성경》(개역개정판), 〈마태복음〉 23장 27절.
- 에리히 프롬 지음, 《자유로부터의 도피》, 원창화 옮김, 홍신문화사, 1988, p. 157.
- 《닥터 지바고》, p. 597.
- 보리스 파스테르나크 지음, 《닥터 지바고(하)》, 박형규 옮김, 열린책들, 2009.

네 번째 이야기 라인홀드 니부어의 눈으로 바라본 생텍쥐페리의 《어린 왕자》

- 라인홀드 니부어 지음, 《도덕적 인간과 비도덕적 사회》, 이한우 옮김, 문예출판사, 1992, p. 238.

다섯 번째 이야기 베르톨트 브레히트의 《사천의 착한 사람》

• 베르톨트 브레히트 지음, 《사천의 선인》, 이원양 옮김, 한마당, p. 162~163.

제4장 문학 분야의 명저 이야기─시

첫 번째 이야기 호메로스의 〈일리아스〉와 〈오디세이아〉

• 호메로스 지음, 《일리아스/오디세이아》, 이상훈 옮김, 동서문화사, 1978.
• 호메로스 지음, 《일리아스/오디세이아》, 이상훈 옮김, 동서문화사, 1978, p. 673.
• 호메로스 지음, 《일리아스/오디세이아》, 이상훈 옮김, 동서문화사, 1978, p. 674.
• 호메로스 지음, 《일리아스/오디세이아》, 이상훈 옮김, 동서문화사, 1978, p. 713.
• 마르틴 부버 지음, 《나와 너》, 표재명 옮김, 문예출판사.
• 박찬기 지음, 《독일 고전주의(古典主義)의 문학사적 연구》, 일지사, 1974.

두 번째 이야기 횔덜린의 〈빵과 포도주와 〈독일인의 노래〉

• 프리드리히 횔덜린 지음, 《히페리온의 노래. 횔덜린의 자유와 사랑의 시》, 송용구 옮김, 고려대학교출판부, 2004, p. 77~106.
• 프리드리히 횔덜린 지음, 《히페리온의 노래. 횔덜린의 자유와 사랑의 시》, 송용구 옮김, 고려대학교출판부, 2004, p. 19~25.

세 번째 이야기 하인리히 하이네의 〈슐레지엔의 직조공들〉과 〈시궁쥐들〉

• 하인리히 하이네 지음, 〈노래의 날개 위에〉, 《하인리히 하이네 전집》 제1권 제

2부, 파울 슈타프(편자), 비스바덴, p. 136~137.

* 하인리히 하이네 지음, 〈슐레지엔의 직조공들〉,《하인리히 하이네 전집》제1권 제
  2부, 파울 슈타프(편자), 비스바덴, p. 446.
* 하인리히 하이네 지음, 〈슐레지엔의 직조공들〉,《하인리히 하이네 전집》제1권 제
  2부, 파울 슈타프(편자), 비스바덴, p. 445~446.
* 헤르베르트 카이저(Herbert Kaiser) 지음,《정치-역사시(詩)》, 〈아홉(9) 章의 시〉,
  G. 쾨프(편자), 취리히, 1984, p. 112, 참고.
* 페터 하우스백의 논문 〈하인리히 하이네의 시대시〉(1972) 중에서
* 하인리히 하이네 지음,《독일. 겨울동화》, 홍성광 옮김, 창작과비평사, 1994, p.
  159.
* 하인리히 하이네 지음,《독일. 겨울동화》, 홍성광 옮김, 창작과비평사, 1994, p.
  112, 참고.
* 헤르베르트 카이저의 논문 〈정치-역사시〉 참고.
* 헤르베르트 카이저의 논문 〈정치-역사시〉, p. 113, 참고.
* 헤르베르트 카이저의 논문 〈정치-역사시〉, p. 114, 참고.
* 하인리히 하이네 지음,《독일. 겨울동화》, 홍성광 옮김, 창작과비평사, 1994, p.
  157~158.
* 칼 하인츠 한(Karl-Heinz Hahn)의 논문 〈하인리히 하이네의 시 "시궁쥐들"〉 참고.

네 번째 이야기 윤동주의《하늘과 바람과 별과 시》

---

* 〈마태복음〉 5장 6절, 한글개역개정판《성경》
* 〈마태복음〉 22장 39절, 한글개역개정판《성경》
* 디트리히 본회퍼 지음,《나를 따르라》, Chr. Kaiser Verlag, Munchen, 1983, 참고.

세상을 바꾼 인문학 33선

인문학의 숲

지은이 | 송용구
발행처 | 도서출판 평단
발행인 | 최석두
디자인 | 김윤남

등록번호 | 제2015-00132호
등록연월일 | 1988년 07월 06일

초판 1쇄 인쇄 | 2022년 01월 15일
초판 1쇄 발행 | 2022년 01월 25일

(우편번호 10594)
주소 | 경기도 고양시 덕양구 통일로 140(동산동 376) 삼송테크노밸리 A동 351호
전화번호 | (02) 325-8144(代)
팩스번호 | (02) 325-8143
이메일 | pyongdan@daum.net

ISBN 978-89-7343-540-1 03840